一個人在島上

◉楊明／著

聯合文叢
704

目次

〔推薦序〕

她們的錯置人生

出版人、作家 陳雨航

於小說集《一個人在島上》多數的主角而言，她們（是的，女性）鮮少有對自然的嚮往（大自然都在電視裡），城市才是她們的原鄉。她們原居或新移，順著現實的制約在城市裡辛苦謀職維生，三餐簡樸，逛街多購物少，房子是心中長久的疼痛，狹小的空間逼使她們依賴虛擬真實待考的網路世界，也不無反諷的增強了她們的想像力。

小說集第一篇〈錯置人生〉的主角曾經生活在不同的城市，不知不覺將它們相互錯置，「不顧南北分處，甚至隔山隔水，拼接成一幅奇異地圖。」對生活感到失落的主角不禁會有如此的天問：「她愛過的人，不記得她。她工作過的電台，也在這座城市消失了，那麼有什麼能證明她的存在？」

〈煙〉裡的滕曉是另一個感到失落的女孩，她「不知道自己幸不幸福，她的工作顯然沒有意義，她的生活貧乏空白，她的情感沒有寄託，她的心靈無處安放，她的未來看不到希望。」焚化爐啟發了她對生命的看法：「原來不用等到那一刻，生命早就暗暗地燃燒，一點一點燒盡，最後送進爐子的軀體已經不完整。」

時光是生命強大的對手，這些在生活基層掙扎的女性，從花樣年華到三十好幾，不旋踵，人生都滄桑了。

〈窗〉用強力的想像來定義大樓對窗鄰人的生活與關係，等到有機會走入對面的屋宇，獲知真實的狀況完全顛覆先前長久的想像。就這點而言，也是另一種錯置了。

那個篇名的「錯置人生」似乎同時巧妙地暗示了許多並不令人滿意的人生起於「錯置」，或者需要另一個「錯置」以救贖？

〈戴帽子的女孩〉裡的絲珈是個出身環境差又不用功，或者說對應社會的能力比較不理想的女孩，「她的生活是一場惡性循環，但因為已經在循環中，所以她既無法抽身，也不知從何改善……」；「也難怪絲珈沉迷上網，虛擬的世界比她擁有的好太多了，即使是假的，她也不在乎……」；「她的樂觀與自信是一種與生俱來的保護機制」。絲珈外觀條件不出色，但她自信，參加選美，上網虛擬更好的自己，希望找到理想的情人，幾番失敗，但最後仍在接近目標中。讀來竟是在哀憐之餘帶著幾絲鼓舞和莫大的喜感。

終究，人是孤獨的，人要接受這種孤獨，要勇於過個人的生活，否則受親情綁架，或者依賴，或者慣性拖延蹉跎，一回頭，歲月早已流逝，人生無法重來。〈她，一個人在島上〉的幾個同名主角們，未必能在人生裡發光發熱，但勇於改變，總也有收穫。結尾所提示的或許是一個可接受的概念：「幸福也許不是你原來想像的那樣，但是，只要不放棄，那依然是幸福。」

兼攻小說與散文的作家楊明，以她生活過的幾個城市為底色，寫就的短篇小說集，有著她閱世的犀利觀察與描述之外，還具有豐富的生活感。生活感首先顯現在她使用的語言，不同的城市不同的地域，語言就有相異的變化，加上不同的時代，因而具有多重的繽紛；其次，描繪細緻的花草常常出現在各篇，相當程度的放緩情節進展的節奏；吃食是作者的另一個長項，除了是內容的有機部分，她甚至可以引述到茶餐廳的淑世功能：「茶餐廳的低消費，以它寬裕的溫柔包納了社會上的失敗者，它的門檻很低，誰都可以向它討溫柔。」

每個人都有自己的生活情境，自己的生命史，那幾乎構成了每一篇小說的背後情節。看得出楊明重視這些小說的魂靈，但她習以掩映在主角們的日常描述裡，一吐露，都讓人吃驚。像〈藍手帕〉裡的愛情情節甚至令人有驚悚之感，但那隱隱然又有讀來令人嘆服的冷酷自許的命運選擇。

與楊明的書緣起於上世紀九〇年代，我在當時工作的出版社出版了她的小說《雁行千山》和散文集《向日葵海域》。稍後，於世紀之交我重新出版了她父親楊念慈先生五〇年代與六〇年代初的舊作《廢園舊事》和《黑牛與白蛇》，那是我初中時期讀過念念不忘的長篇小說，尤其是《廢園舊事》氣氛和人物的營建以及情節和高潮的推進，好看之外，還足於作為小說與戲劇的教科書。

離開出版界幾年之後，有一回遇到楊明，她告訴我說她父親在我結束出版事業時曾經試著寫一封信給我，但沒有寫完。

我始終記得這件事。

錯置人生

她愛過的人，不記得她。
她工作過的電台，
也在這座城市消失了，
那麼有什麼能證明她的存在？

失業後，她再一次在自己慣常居住的城市遊逛，但是不知從何時開始，悠悠行過的城市地圖卻一再錯置，定居地和曾經工作過的城市不顧南北分處，甚至隔山隔水，拼接成一幅奇異地圖。

她卻渾然不覺，自在漫步，一點不疑惑。

這一次，漫遊的入口從B城外雙溪的小山開始，山坡緩緩而下，卻連接著Z城的漢口街，漢口街向西一轉，又來到了B城南京東路。正走在Z城漢口街上，不寬的馬路上行走著一條大狗，淺棕色的大狗望著她，她也回望狗，很少見到這麼碩大的狗，而且無人同行，牠自己遛著自己，向她走了過來，離她只有數十米時，她赫然看清，那哪裡是狗，是一隻獅子，而且還是雄獅，方才怎會完全沒有留意到獅子的鬃毛，最重要的特徵。

現在來不及了，獅子即使不撕碎吃掉她，恐怕她也難活命，她的腦海裡迸現血跡斑斑破碎的肢體，跑是肯定來不及了，該怎麼辦呢？正猶豫不定，一輛疾駛而過的重型機車呼嘯竄出，拔高的引擎聲和速度嚇走了獅子。她鬆了一口氣，沒想到危機就這麼解除了，她完全沒想到是否該報警，施施然走往B城的南京東路，經過復興北路口，她臨時起意彎進一家小店，選了兩條德式肉腸。

此時，她已經完全忘記剛才突遇獅子時的驚駭。

好整以暇的把肉腸放進背包裡，一家新開的麵包店立刻吸引了她的目光，各式雜糧麵包，橫剖面的紋理，光是看著就覺得口感豐富，既綿密又鬆軟，她想買一個，站在架子前思索，是還乾果的、還是果仁的？前者可以考慮蔓越莓或桂圓，後者她偏愛核桃和腰果，先前遇見獅子的驚駭雖已消失，猶豫卻又出現了，而且從跑還是不跑的兩個選項倍增成四個，危急恐懼感不見了，但猶豫不決產生的煩亂卻躲不掉，已經夠讓人鬧心，偏偏店員這時在麵包架前向她推銷起義大利麵，更添心浮氣躁，索性決定不買了。步出麵包店，七四路公車停在路邊，她匆忙上了車，才發現沒帶悠遊卡。

那天是週末，她答應了回爸媽家吃飯，其實是不想去的，但媽媽來電話，說好久沒見到她，週六媽媽要做炸醬麵，是她喜歡吃的，她應著，心裡想，媽媽沒說出口的是，既然連工作都沒了，還在忙些什麼，連人影都不見。在爸媽心裡，對一個成年人來說，只有工作和家庭值得忙，她沒結婚，現在連工作都沒了，生活已經完全沒了意義，她卻鎮日晃蕩，將人生真諦徹底棄置。

她按下爸媽家的門鈴，來開門的是姊姊的女兒荇荇，荇荇回身朝屋裡大喊：「是小姨。」

爸爸從房裡出來，念叨：「又不是沒有鑰匙，回爸媽家還按門鈴。」

「忘了帶。」她隨口說，既然搬了出去，她以為就不該隨意使用之前的鑰匙，她現在賃居之處的鑰匙也沒有留給爸媽，那是她的空間。他們卻不懂，每隔一陣，總要舊事重提，囑她擺一套鑰匙在爸媽這，她支吾其詞，他們是真不懂，還是打定主意不管她怎麼想，他們都要堅守自己賦予自己的權利，以愛為名，繼續入侵干涉她的生活。

媽媽在廚房做炸醬，還有幾道小炒，涼拌菜已經做好。

「有客人？」她警覺到，菜色較平常豐富，而且細緻，爸爸自己做了熏魚和油燜筍，平常他很少做的，現在冬筍又正貴。

「你姊夫的同學。」媽媽輕描淡寫回答。

「姊夫的同學幹嘛往你們這兒帶，怎麼不回他們家？」

「媽媽不會做飯。」荇荇說。

是的，姊姊不會做飯，但這完全無損她的價值，她的工作好，嫁的丈夫更好，她是爸媽的驕傲，隨時可以拿出來顯擺，一種低調的炫耀，爸媽口中的大妮不用人費心，卻日日光鮮亮麗，幸福於她完全是理所當然。同樣一母所生，怎麼二妮就這麼不讓人省心，二十九歲了還沒對象，已經夠讓人發愁，現在連工作都沒了。

於是媽媽心生一計，讓大女婿為小姨子張羅，能張羅成婚事最佳，如果嫁得好，女人有沒有工作倒也無所謂。要是婚事沒成，做姊夫的出於愧疚，至少得在小姨子找工作的事上多費點心，可謂一石二鳥。做丈母娘的和女婿一提，機靈的女婿馬上搜出了一個尚未結婚的同學，胡畢成剛剛在美國拿到博士學位，就是為著念書耽誤了終身大事，二十四歲出國，十年才拿到學位，這會回來探親，一個月後就返美履新，在美國中部一所大學任教，雖然是農業市，但美利堅合眾國的日子肯定不會差的。

她覺得自己掉進了陷阱，爸媽喜孜孜布置的，她很想轉身離去，但她知道那樣做，她得花更多時間善後。她無奈的任由姊姊在她臉上塗塗抹抹，半脅迫半央求的換上了姊姊為她準備的連衣裙，一邊有一搭沒一搭的應付著荇荇新學來的謎語。荇荇才四歲，卻也比她明事理，估摸將來也是讓人驕傲的幸福樣板。五點四十，姊夫帶著胡畢成博士來了，她有些訝異這男人的長相，不足一米七的身量，長著一張娃娃臉，卻很不搭調的延伸出大半個禿頂。

胡畢成整個晚餐盡職的稱讚媽媽的炸醬麵和爸爸的油燜筍，說他在美十餘年從未吃過如此的美味。

「不要緊，我教給二妮做，以後就隨時可以吃了。」媽媽脫口而出，立即意識到失言，顯得太想把女兒推出去。

「黃豆醬、甜麵醬還可以帶，我們那可買不到竹筍啊。」胡畢成不知道是沒留意話裡的另一層意義，還是善體人情，岔開了原本的尷尬。

「美國人不懂得吃，他們可能以為只有熊貓才吃竹子。」姊夫笑著接道。

話題於是轉到美國，雖說現場胡畢成是唯一個真正在美國生活過的人，但除了她，每個人的話都比胡畢成多，一派熱鬧。

吃畢晚餐，喝了一道茶，姊夫、姊姊說要送荇荇學琴，胡畢成立馬告辭，同時再一次致謝。爸爸順勢責備姊夫老同學來，沒能善盡主人之責，話鋒一轉，要她帶胡畢成出去逛逛。爸爸說：「現在還不到八點，時間還早，別陪我們老人家看電視，你們無聊，出去逛逛。」

她沒法拒絕，出於禮貌，也出於不想日後聽爸媽念叨。但一出家門，她就發現自己多慮了，立馬放鬆下來，胡畢成根本對她沒興趣，她固然缺乏城府，這一點自知之明還是有的，這個男人對她沒興趣，只是應酬老同學罷了。她可以想見在回國探親的這一個月中，他將經歷多少次相親餐會，雖然他外貌不揚，但至少是個大學教授，還是美利堅合眾國的，現在適齡未婚的女性可是多如過江之鯽。

她的腦中浮現豆綠色的江水，一尾尾黑色的鯽魚擁擠推攘，她擔心起這樣摩肩擦踵的推擠可能會傷到魚鱗。對於胡畢成偶爾張嘴吐出的字句，猶如江水裡上湧的氣泡，她一個字也沒聽真切，但反正他原本就只是應酬，也就沒在意她的沉默或答非所問，心裡倒也少了些負擔，看來女主角本人對他也沒意思，不過是長輩一頭熱。

相親無果，找工作的事，一時也沒頭緒。她無所謂，繼續晃蕩著，一點不覺得自己的時間比別人多出來了些。

臆想無止境的蔓延，城市的版圖日益擴大，位置卻也一再錯置，是她下意識自行拼接？猶如一張拼布百衲被，鋪蓋在她身上。

日復一日遊逛，失業後的她簡直比上班時忙碌。有時她不免疑惑，城市與街道的意外連接，除了她，可還有別人發現，還有那一隻漫步在柏油路上的獅子。隔一陣子，她總能遇到那一隻在城市裡出沒的獅子，遇見時儘管也緊張，嚇得背脊發涼，但總有各式各樣的車適時出現，驅走獅子，連貨櫃車和水泥攪拌車都曾經突如而至。她試著思索，如果獅子真實存在，不可能只有她看過啊，應該早被人用手機拍下來貼上網了，說不定連電視台的SNG車也會蜂擁而至；那麼，難道獅子只是她的幻覺，所以別人看不見，她幻想的獅子是蠻荒叢林的象徵嗎？各種車子則是人類文明的入侵，逼得獅子無路可退？

她其實害怕自然，在城市裡長大，城市對她才是原鄉，她沒有對自然的嚮往。事實上，她離不開二十四小時便利超商，現在連丟垃圾都可以請為代勞了，城市生活的憂慮又少了一項。

因為不能確定獅子真的不存在，她不禁暗暗憂心，什麼車都怕的獅子，如何在這一座錯置的城市生存？

她無法細想，在拼接城市錯置空間漫遊的她，判斷力顯然和日常不同。

胡畢成的事沒成，姊夫略顯不安，只能是略顯，很輕微的一層內心感受，辜負了丈母娘的囑託。但話說回來，相親這種事哪能打包票，不成的畢竟比成的多吧，所以說也只能是略顯不安，更何況，姊夫心裡想，責任不全在自己身上，小姨子自己得負最大的責任啊。很短的時間內，在媽媽的推波助瀾之下，小舅又安排了一次相親，同樣沒有成。姊夫的不安又減輕了些，已經輕到不刻意表現完全無從察覺。

女人有美醜之分，當然還有不醜也不美的。媽媽總說，我們二妮長得挺好的，那些男人真沒眼光。是的，她其實是美麗的，但問題是美麗的女人又可以分成兩種，在男人眼中美麗的，以及在女人眼中美麗的。她就是屬於在女人眼中美麗的那一種，清秀文靜嫻雅端莊，長輩看著也喜歡，但在面臨擇偶的雄性同類眼中，她卻有些木訥嚴肅且缺乏嫵媚風情，簡言之，就是沒有女人味。所以同為姊妹，姊姊在男人眼中是美麗的，她卻是屬於女人眼中美麗的，這種類型的女孩子更受同性歡迎，相伴著賞心悅目，還不會在異性面前搶了你的風頭。

連續兩次相親失敗，她可以猜到母親接下來將雙管齊下，姊夫和小舅一定正努力托關係幫她安插工作。這年頭找工作和找丈夫一樣難，畢竟都算是一種飯票，能否長期持有，則各憑本事。她不想再這麼任人擺布，小舅和姊夫找的工作肯定不適合她，人家只是礙於情面勉強安插，像她這樣缺乏專長，外語也不行，只能安插個行政工作之類的，而她是既不喜歡文書也不擅長文書，終至哪天出了錯，白紙黑字擺在眼前，她自責羞愧的遞出辭呈，雙方都才鬆了一口氣。既然已經能想見接下來的發展是自己不樂見的，還不如及早避免，別讓大家白忙一場，人情也欠了，還落個難堪的結局。

她於是扯了個謊，說小翔介紹她去雜誌社當特約編輯，爸媽相信了，姊夫和小舅自然是喜不自勝，不用再到處拜託人。

小翔告訴她，X城有一座研究樓，跨上其中一層，首先看到的是金龜車一般大小的果蠅模型，因為在這裡有一位博士帶著一群助理正努力研究果蠅的腦。在她來看，小小的果蠅已經不值一提，更何況是這不值一提的小生物的腦，主持研究的生物學家和他帶領的研究團隊，卻成功重建果蠅全腦的神經網絡地圖，據說可依此解碼人類大腦的訊息傳遞。她以前從來不知道果蠅的腦也有一張地圖，腦神經網絡會如她行走的城市一般錯接嗎？生物學家發現人類和果蠅大腦的基本結構類似，都有高度相互連結的左右半球，所使用的神經傳導分子有六種相同，這一支研究團隊花費三年的時間將果蠅腦中的十萬顆神經細胞裡一萬六千顆分別賦予辨識條碼，成為「果蠅腦神經圖譜」，而這便是解碼人類大腦的重要第一步。

她聽到時，自己的腦中不可抑制浮現出變蠅人的模樣，從電影中存取太多圖像的她，生存能力也不見得高於果蠅。

那麼，獅子又是怎麼一回事？不斷被疾駛而過的車輛驅趕的獅子，惶惶奔跑在柏油馬路上，馬路如虎口，從小她就被這樣告誡著，原來連叢林裡稱霸一方的獅子在仿若虎口的馬路也不知所措。

果蠅只讓她覺得煩，驅之不去的心煩意亂，拚命拍打著翅膀作響，擾人之餘總還有不潔的聯想，這樣一種小生物，腦子的構造卻和人類相似。

果蠅也作夢嗎？

由果蠅腦神經圖譜譯解出的人類大腦密碼，將是如何？她的腦子裡重組構建的城市地圖，錯置的是她的記憶嗎？正在逐漸退化背棄她的記憶，她曾經擁有的人生也將走樣，那麼際遇如何？成就如何？又有什麼不同，最後只看記憶是什麼。

小翔是個記者，但她最感興趣的不是人，而是些奇怪的生物，在小翔告訴她果蠅的事之後不久，有一回兩人一起吃飯，前菜是焗田螺，小翔說拿了一筆獎金，請她吃法國菜。田螺上桌後，小翔一邊用二齒小叉吃田螺，再以麵包仔細擦下醬汁塞入口中，如此投入的邊吃邊告訴她關於蝸牛的事，以前她完全不知道。

小翔說，蝸牛是雌雄同體，雖然每隻蝸牛身上都同時具有雄性和雌性生殖器官，但是必須異體交配，不能自體交配，交配時兩隻蝸牛同時將戀矢，也就是陰莖插入對方的陰道中射精，受孕十天後，雙方均可產卵，八天後就可孵化出小蝸牛。每隻蝸牛一年可產卵六至七次，每次平均產卵二百粒。這樣推算一隻蝸牛一年就可以生下一千兩百到一千四百隻蝸牛，真是一支龐大的隊伍，她默默地吃著焗田螺，心裡想，這麼多的蝸牛會不會就要占據地球了，而且每交配一次，還不止一隻蝸牛生，兩隻都生，就又要乘以二。她小的時候喜歡在雨停之後去撿蝸牛，當時還想怎麼有這麼多的蝸牛，撿不完似的，撿了就交給旁邊鄰居一個阿嬤，阿嬤會將蝸牛殼砸碎，然後餵鴨子。姊姊見她樂此不疲的撿蝸牛，總斥責她髒，卻也沒能阻止她，如今回想起來，竟成了她乏善可陳的蒼白童年一幅鮮豔的圖畫，雨後青翠的草叢裡，穿著粉紫衣褲的小女孩穿梭其間。小翔又說，蝸牛產的卵多，但是先孵化出的蝸牛會將周邊尚未孵化出的蝸牛卵吃掉，也就是先破殼而出的哥哥姊姊會將還來不及破殼的弟弟妹妹吃掉，借此補充成長所需的營養，另一方面也是消滅了未來的競爭對手。

「天哪，那少生一些就好啦，同胞相殘真是太慘了。」她訝異的脫口而出，也許因為家中排行她是妹妹，所以分外驚心，那時她們剛剛喝完湯。

小翔一臉不以為然：「只有人類會想到節育，而且蝸牛的生殖不受年齡限制，在同等適宜的生殖條件下，蝸牛的年齡愈大產卵量就愈多。棒吧，如果我們是蝸牛，就沒人說我們是剩女了，反正年齡愈大，生的愈多。」

年齡愈大，生的愈多的，只是蝸牛。人類卻往往是年齡愈大，謊話愈多，終至當事人也分不清真偽。

謊稱自己有工作，只能暫時騙騙爸媽，她的積蓄無法日久天長的支持她無所事事的晃蕩。一日悶在家裡上網，突生奇想，她可以上網賣手工餅乾，許多吃過的人都說好吃，當然人家也許說的是客氣話，這會她不想追究。她開始在盆裡倒入麵粉、奶油、糖、雞蛋，細心的揉麵團，以家裡現有的材料做成了四款餅乾，拍了照放上網，標明價格，訂貨送貨時間等，然後自己吃了幾片餅乾當做午餐，剛才忙著烤餅乾，沒顧上吃，其實家裡除了泡麵也沒別的可吃。忙完已經下午三點，她看著一桌子餅乾，心想該怎麼辦？拿回爸媽家，他們怕是會起疑，上班的她怎麼有時間做這許多餅乾。拿去給小翔吧，這陣子老是讓她請吃飯。她裝了兩盒餅乾，一盒是奶油、巧克力基本款，另一盒是杏仁、棋盤花式款，還找出以前留下來的包裝緞帶，繫上了蝴蝶結，坐上往小翔報社的公車，得轉一趟車才能到。等她隨著零件鬆散的老舊公車一路搖晃到市郊的報社時，已經快五點了，她本想把東西放在門口的收發室就走，沒想到，正好遇到小翔。小翔聽她說打算在網上賣手工餅乾，便說：「那好，我幫你拿給同事試吃。」她不置可否，因為根本沒想起需要進行試吃這樣的事，純粹是做得太多了，不想餐餐吃餅乾。小翔進報社後，她又晃晃悠悠的繼續搭一個半小時公車回家。

雖然是下班時間，但是她的方向和巔峰路線正好相反，別人下了班從市中心的公司回市郊的家，她卻是從小翔市郊的報社回市區，所以公車上的人不算太多。她坐在窗邊，看著陌生的街景，大同路，她極少來這裡，路旁建築顯得有些破敗潦倒，部分建築看不出來是主人不在家沒開燈所以一片漆黑，還是根本是空置著。她默默地望著，前面紅燈，車停了下來，她看見路口有一家海鮮餐廳，裡面只坐了一桌客人，但是卻給人一種歡快的印象，在她的記憶中，那種歡快她擁有的並不多，她的家庭不是不幸福，但是整體氣氛是溫暖愉悅，而不是歡快，爸爸媽媽都不是那種大聲玩笑的人，他們平實的交換生活資訊，晚餐桌上的說笑從不誇張。也許她遠遠看見的歡快其實是在酒精的催化下產生的，她不在乎，車子啟動了，紅燈已經換成了綠燈，車子往前開，坐了一桌客人的海鮮餐廳被拋到身後，不久就會從她的記憶庫消失，也許不是完全消失，但是恐怕也無從搜尋。

她依然專心望著窗外，直到她意識到車子不知道何時離開了B城，來到東部濱海的Y城。過去她拼接錯置的路程總是她一人獨自步行時發生的，這還是第一次整輛車錯接他處，如果她下車呢？會怎麼樣？她看著窗外的Y城，她其實已經五年沒來過這裡了。事實上，她以前也只來過兩次，一次是中學班級旅行，另一次就是和韋德，她嚮往的那種歡快，他們也曾有過，在Y城的那一天，那是他們交往之後第一次在外過夜，以旅行為名，感覺名正言順多了，他們在

Y城吃過晚餐後，續往南行，住進了一家溫泉旅店，夜晚甜美靜謐，後來他們為什麼分手了，她始終沒有完全明白。

她想，什麼理由都是多餘，他離開她，只有一個理由是真的，他不愛她，或者他不愛她了，反正都一樣。

但是，在Y城的那一晚，她還感覺到愛，和那種既陌生又因為嚮往而與歡快聯繫在一起，平日沉默的她在那一晚是愛笑愛嬌的，甚至輕輕哼著歌，不在意走音，不在意歌詞記不全，反反覆覆總是那幾句……

她按了下車鈴，在Y城下了車，她告訴自己，在這裡下車不是為了走進回憶，而是為了讓這輛車回到正確的路徑。

公車停了，車門打開，她步下台階，有種義無反顧的悲涼，車門關上，開走了，前面一個轉彎，很快消失在她的視線裡，她放心了。踽踽獨行的她很快也發現自己已經離開了Y城，走在B城的忠孝東路上。

她不是沒有愛過，只是又失去了。

一天後，她的手工餅乾已經有人下單，而且有了許多好評。她知道是小翔，和她找來試吃的同事、朋友。

生意普通，但對生活不無小補，至少可以支付房租水電。她開始在夜深人靜時揉麵做餅乾，烤好後晾涼裝盒，剛好天亮，拿去便利商店交付宅急便送，順便買一份三明治當早餐，柔軟的土司麵包去邊對切，裡面夾著荷包蛋、火腿和小黃瓜絲，配著回家後剛剛沖泡的阿華田，她一口一口咬著，吞嚥，然後上床睡覺，鑽進被子之前，將手機調成靜音，醒來之後，手機的來電顯示永遠是媽媽，有時還有姊姊。

她總騙她們說剛才在開會，然後答應週末一定回家吃飯。

她曾經有過愛情，曾經有過工作，曾經可能擁有父母眼中有意義的生活，像姊姊一樣，有家庭、有孩子，有人生的前景。下個月她就三十歲了，三十歲的她只有手工烘焙餅乾，她實在不忍告訴爸媽，加上乾果的奶油麵團，滋味再香甜、口感再鬆脆，都難以成為人生的主調，她可以想見父母的憂心，在這樣一個中規中矩的家庭裡，怕是連荇荇都要為小姨擔心。

也許錯置的其實不是那些她曾經待過的城市，不是那些她行走過的街道，而是她整個人生。

週末，她在回爸媽家的路上，獅子又出現了，在靜謐的馬路上，怎麼一向車陣川流不息的中山北路這一會沒車呢？她不敢輕舉妄動，只一心希望獅子沒看見她，這卻只能是癡心妄想，獅子正轉頭凝視她，發出一聲低吼，看得出下一步就要撲向她了，彷彿電影中的慢鏡頭，獅子微微蹲下，卻被鋪天蓋地龐大的拍翅聲引開了注意，不是重型機車，不是水泥攪拌車，是為數眾多的細小翅膀一起拍打出的巨大聲響，獅子停止不動，在牠瞧見漆黑列陣的果蠅漫天飛來之勢時，牠用前爪搔了一下鼻子，打了兩個噴嚏，可能敏感吧。對於非洲獅子而言，台北委實太潮濕了，隨即朝後狂奔而去，她則迅即轉向南京西路，沒入捷運地下站，踏入樓梯的當口，果蠅最後在她視線中留下的圖像，就像一枚巨大的人腦。

向她買餅乾的人中出現了幾個回頭客，都是女性，買了幾次後，她們不再在網路上下單，而是直接打電話給她，除了固定提供選擇的餅乾樣式，她們開始提出其他要求。C小姐是一個造型師，她要應酬的人特多，所有合作單位她都希望保持友好，以便對方能經常想到她，增加她的工作機會和曝光度，這一行就是這樣，久不曝光，人家就覺得你不潮了，不潮了，誰還找你。平白去串門，顯得太唐突，C小姐心生一計，說睡不著在家烤餅乾，烤得太多了，全吃下肚不得胖死，於是拿來給大夥當下午茶，舉凡雜誌社編輯、攝影棚工作人員、化妝品公司職員、經紀公司企劃、節目部編劇、唱片公司宣傳，林林總總全吃過她的手工餅乾，不過她們以為是C小姐做的。

C小姐在電話中告訴她，這樣做花費不多，卻可以為人緣加分，手工餅乾既是點心，又是話題，可以輕易消除隔閡，而且還是自己親手做的，不是隨便買來的，這分誠意多感人，這年頭連親媽都不一定願意為你下廚。但是，不能一直做同樣的餅乾，得換換花樣，於是她替C小姐做過馬芬、杯子蛋糕、烘烤布丁，還做過一次南瓜派。C小姐說南瓜派是最受歡迎的，連著名主持人真姐都稱讚好吃，不顧正在減肥，吃了十六分之一塊派，十六分之一欸，C小姐誇張地說。她心裡想，切十六分之一那不都碎了，應該切八分之一啊。

還有T太太，她也是買了手工餅乾假冒是自己做的，為了討好老公的同事，還有孩子的同學，所以某些日子，T太太會指定要蛋糕，作為生日禮物。她說，烤蛋糕可以，但是在蛋糕上沏奶油她可不會，T太太說不要緊，奶油太膩了，大家都不愛，怕胖。於是她依據過生日的壽星不同的年紀，烘烤了巧克力蛋糕、乳酪蛋糕、核桃蛋糕、蔓越莓蛋糕和胡蘿蔔蛋糕。

夜裡，她一邊烤餅乾、烤派、烤蛋糕，一邊幻想著那些不同身分的女人，幾個小時後她們會捧著現在正躺在她的烤箱裡的麵團，出現在什麼樣的場合，對著什麼樣的人，宣稱這是她們努力了幾個小時的成果，請大家嘗一嘗。她的幻想如此真切，彷彿她真變成了她們，時髦的造型師，富裕的少婦，她們的生活光鮮而多彩，不像她的。面對著麵團、奶油、雞蛋、白糖，雖然不用面對人，讓她自在了不少，但她還是忍不住幻想，現實生活裡的人會傷害她，幻想裡的不會，至少她的幻想不會。

她想，C小姐、T太太在某方面假冒了她，而她其實也在另一方面假冒了她們，彼此無涉，幻想中原本應該出現她的人生中的場景，讓她陋屋中的貧乏日子，有了顏色。

大學畢業後，她做過五份工作，前面三份都只做了幾個月，就發現不適合自己，草草辭職，這大概是許多社會新鮮人會經過的階段，第四份工作在出版社略長些，可是後來出版社轉型，她遭到了資遣。她逐漸適應著所謂的職場，第五份工作是在電台做節目企劃，她最喜歡這一份工作，做了五年，每天想點子聯絡受訪者，蒐集話題資料，但不需要自己來說，她是個不善言辭的人，她以為她會一直做下去，卻在一次人事糾紛中成了犧牲者，背了黑鍋，有口難辯的情況下，她明白了什麼是眾口鑠金。

與人保持距離，麵團是可以信賴的，在她的手掌中任她搓揉，她可以完全掌握因為天氣不同，溫度、濕度對麵團發酵所產生的影響，麵團的變化比人簡單太多了。可是關於這些，她不想告訴爸媽，關於她漫步遊走的拼接城市，她也不想告訴爸媽，當然，那隻獅子的事，她更不會和任何人說，連小翔都不會。

今天她烤了一個蘋果派，C小姐取貨之後，她又獨自沿著羅斯福路走。C小姐問她，除了點心，能不能做點小菜，像是泡菜、烤麩一類的。她突然想起爸爸以為她會嫁至美利堅合眾國時傳授給她的獨門祕笈——油燜筍，她猶豫著，要幫C小姐做嗎？這可不是爸爸教給她的初衷啊，轉往和平西路，她繼續思考著，朝著植物園的方向前行，走著走著，她發現自己在公園路，不是B城，是Z城。曾經一個歌手在這裡開過一家可麗餅店，她想起香甜鬆軟的可麗餅，臉上不覺浮起一層微笑，餅店早已經收掉了，今天的散步說不定也到不了植物園了，但不要緊，她已經習慣這樣的生活，人生其實就是這樣，不是什麼都能安排的。不去植物園，就沿著公園裡的人造湖逛一圈，好久沒進來這座公園了，當她還是個中學生的時候，曾經對此流連忘返，年少記憶如可麗餅般甜美鬆軟，她緩緩地走著，不著急，自從她離開電台之後，她再也不著急，任由時間將她帶往不知名的前方，出了公園，公園路的前方又會接上哪一條路呢？此刻的她也不得而知。

在網上查看自己的烘焙坊，她逐條清查留言和下單，突然，她的血液下沖，腦子一片空白，韋德的名字映入她的眼簾，她告訴自己，只是同名同姓吧，訂單上標明杏仁餅乾十盒，巧克力餅乾七盒，綜合餅乾十二盒，應該是公司同事一起下單，送貨地址在敦化南路。她焦躁不安，從她發現這張訂單起。要不要去看一看，他們分手四年了，韋德很可能已經結婚，有事業有家庭，像爸媽眼中的正常成年人，不像她，鎮日遊走，胡思亂想，是的，不像她，但是她很想看一看韋德現在是什麼樣。一開始她還猶豫，兩個小時之後，猶豫轉成渴望，而這渴望愈來愈強烈，原本訂單要求的送貨日期是七天後，她現在坐立難安，沒法等七天，她依照客戶留下的聯繫電話，發了簡訊詢問後天送貨可以嗎？半個小時後，對方回覆：可以。

她立刻開始動手做餅乾，一共二十九盒，加上原本排定後天出貨的八盒，她得不眠不休的做出三十七盒，一邊揉麵團，她一邊後悔著自己的衝動，如果依約七天後送貨，她可以好整以暇的裝扮自己，以最好的狀態出現在韋德面前，而不是現在這副披頭散髮的邋遢模樣。她要自己去送貨嗎？還是和平常一樣採用宅急便送，不行，想看到韋德就得自己送，好，自己送，那麼要不要讓韋德看到她呢？她可以戴口罩，還有太陽眼鏡，這樣他就認不出她了。分手的時候，她還在電台工作，他一定想不到現在她在賣餅乾，他會暗自嘲笑她嗎？混得不怎麼樣，也許還深深慶幸當年及早離開了她。

她的思緒起伏，矛盾糾結猶豫渴望中完成了三十七盒餅乾，她不知道吃了這些餅乾的人也將陷入矛盾糾結猶豫渴望，但沒有人懷疑和餅乾有關，因為那原就是都市裡再尋常不過的情緒。

八盒餅乾以宅急便送出後，她自己將韋德的訂貨送往敦化南路，只睡了三個小時，她看起來並不憔悴，鏡中的自己兩頰泛紅，雙眸光采熠熠，就像她當年和韋德住在溫泉小鎮旅店，經過一夜的纏綿，翌日清晨醒來，她發現鏡子裡的自己特別有神采。

上車後，她手勢俐落地將頭髮全束在腦後，露出清秀的臉龐，太陽眼鏡和口罩都準備了，她決定現場應變，是否讓韋德看見沒有偽裝的她。在公司樓下，她撥了韋德的電話，韋德說馬上出來，要她等一下，大約十分鐘，韋德出來了，模樣幾乎沒有變，和當年她愛過的一樣。和韋德分手之後，她沒有愛過任何人，曾經先後試著和兩個男人交往，都是約會兩三次就不了了之，究竟是她忘不了韋德，還是，只是沒遇到下一段戀情，才使得韋德之後，她的情感一片空白，她自己也不能確定。

韋德點了點餅乾盒數，將錢遞給她。她接過錢，放進口袋，取下口罩。韋德沒有認出她，隨口搭訕著說：「你在網上說明必須七天前訂貨，怎麼自己又提前送貨。」

「那天另有預約，沒法安排。」她隨口說。

「你的生意不錯嘛。」

「過得去，好吃的話，歡迎再訂。」

「我太太的公司和你們訂過，這回我們辦說明會，也想試試看。」

韋德果然結婚了，這不是最讓她訝異的，最讓她訝異的是他認不出她，口罩已經拿掉了，他至少應該認得出她的聲音啊，他曾經稱讚過的聲音，那時候他說，不管多忙多累多灰心沮喪，她的聲音都能溫柔地安撫他的心，現在，他卻根本認不出。

「可以幫我一起拿上去嗎？」韋德問。

「好的，沒問題。」她故意脫下太陽眼鏡，隨手掛在領口，這下他該認出她了吧。

兩人提著餅乾進了電梯，韋德遇到同事，便說起了上午開會的事，完全沒發現昔日戀人就站在身邊，電梯到了，韋德讓同事接過她手上的餅乾，說：「謝謝，再見了。」她怔怔站著，就這樣？韋德的同事抽出袋子裡的宣傳單，發現新推出的咖哩餃，她聽到他問：「有咖哩餃，你們有沒有訂？」電梯門要關了，她不知道自己現在的心情是失望還是詫異，是她變得太多了，所以韋德不認得她，還是韋德從來沒有愛過她，所以早就將她忘得乾乾淨淨了？就在電梯門合上的剎那，她在韋德的臉上看見一抹想起了什麼的神情，她還來不及弄清楚，電梯門已經關上了。

她以為自己會立刻打電話給小翔告訴她韋德的事，但她沒有，反而打給了C小姐，說如果她想要，她可以幫她做手工果醬，李子和鳳梨兩種口味，前者豔紅，後者金黃，酸甜濃郁，好看又好吃，油燜筍她還是決定先算了，C小姐高興的各訂了十瓶。她到市場買了新鮮的李子和鳳梨，回家後洗切燜煮，果香洋溢整個房間，她才略略好過些，沒有接到韋德的電話，看來電梯門合上前，她最後看到的神情，並不是因為想起了她。

當她告訴了小翔遇到韋德的事，小翔說：「這樣也好，不然你可能會少了兩個公司的客戶，向前女友訂餅乾，可是有風險的事啊。」

風險？小翔指的是什麼？她沒有問。

小翔總不至於以為她會下藥吧。

她接著在網上也推出了手工果醬，反應不錯，她又推出了桑葚果醬。小時候，媽媽也常常自己做果醬，李子盛產的時候，她會到果菜批發市場買回大袋李子，加入砂糖熬煮，她跟在一旁看，李子酸甜的香氣引誘著她猛吞唾沫，媽媽卻趕她出去，要她和姊姊一樣去看書，或者練琴，媽媽不希望她們姊妹把時間花在廚房，寧願培養她們其他才藝，媽媽認為女人花時間裝扮自己，也比下廚有用。如今她的手工廚房成了填補她的心的空間，在裡面烘焙切煮，占據著她漂移的思緒。

自從見到韋德後，她每天都反覆檢查網上的訂單，已經一個月了，他都沒有再下訂，他究竟記得她嗎？這個疑問一直困擾著她，小翔說，正常的成年人，不會天天吃餅乾，就算是喜歡天天吃甜點，也會選擇不同口味。韋德是她唯一一個有過肌膚之親的男人，如果他不記得她，未免讓她覺得太難堪。這些話她沒告訴小翔，畢竟都過去了，再提也沒有意義。小翔卻說，他沒有再下訂，說不定就是想起了她，當年分手是他提的，他的心裡難免有些愧疚吧。

桑葚的季節很短，所以桑葚果醬作為季節限量商品，只賣了一個月，就在桑葚季結束時，她看到工作過五年的電台因為經營不善，即將結束的消息，接著她就接到了媽媽的電話：「還好你已經離開那了。」媽媽的語氣充滿了鼓勵，媽媽一直相信她其實捨不得離開電台，既然捨不得，卻還是離開了，自然就是有不得已的原因，就像她和韋德的愛情一樣，主控權都不在她的手裡。如今，電台結束了，大家的結果一樣，全都只能離開，媽媽以為她會好受些。但其實不然，她更加難過起來，她愛過的人，不記得她。她工作過的電台，也在這座城市消失了，那麼有什麼能證明她的存在？

過季的桑葚只能在枝頭凋萎，再也不留任何痕跡。

她繼續煮著紅肉李，在裡面加入大量白糖，糖漬李子不但在原來的酸味中添入甜蜜，變得更好吃，糖也有保存的功效。只是甜味怕會招來螞蟻，在煮好的果醬未涼之前，不能裝罐封存，她便將整只鍋放進水盆中，隔著水，螞蟻無法靠近，小時候她看媽媽這樣做，現在也如法炮製，媽媽想教給她的那些，好比經營自己的家庭，成為一個有丈夫有孩子的幸福女人，反而一直沒有機會運用。

小翔說，不同的螞蟻吃不同的食物，收穫蟻吃種子，牠們將種子收藏在地窖裡；割葉蟻吃蘑菇，牠們將葉片搬運到地下，用來培植蘑菇。有些螞蟻則蓄養蚜蟲，就像人類蓄養乳牛，牠們從蚜蟲體內得到一種含糖的物質作為食物，根據科學家的研究證明，螞蟻需要充分的糖份，所以螞蟻一旦發現甜的東西，觸角就會有反應。螞蟻是社會性很強的昆蟲，彼此通過身體發出的信息素來進行交流溝通，當螞蟻找到食物時，會在食物上撒布信息素，別的螞蟻就會把有信息素的東西拖回洞裡去。即便外出覓食的螞蟻死掉了，牠身上的信息素依然存在，別的螞蟻路過時，會被信息素吸引，但是死掉的螞蟻無法和活著的同伴交流資訊，於是帶有信息素的屍體就會被當成食物搬運回去。

她想像在地下巢穴生活的螞蟻，巢穴中的通道猶如人類世界的街道，拼接出的地圖是否也有錯置？但螞蟻不在乎，牠們依靠的不是街道名，而是信息素，直到自己也被當成了食物，被同類吞噬。她並不希望電台消失，即便她遭到了排擠，她還是希望電台存在著，朝天空發射出電波，偶爾她會在車上聽到或熟悉或陌生的聲音，討論著現代都市永遠不缺的話題，間或播出流行音樂。但是，以後她再也聽不到她曾經工作過的電台發出電波，天空中仍有許多電波穿越，只是都與她無關了。

早上，她用拖車將八罐果醬、十五盒餅乾拿到便利商店，以宅急便送出，然後去豆漿店吃早餐。羅斯福路錯接了Z市的崇德路，她於是想去麥當勞吃鮮肉滿福堡也好，要不要加蛋呢？正考慮著，獅子又出現在眼前，站在路口徬徨無依，車來車往令牠不知道如何穿越馬路，十字路口三角形栽滿花卉的分隔島，更讓牠困惑，她看見牠威嚴的臉上透露出迷茫。

遇到了獅子許多次，她暗自查了書，書上說：獅子是同類競爭最激烈的貓科動物，獅群會盡量避免與其他獅群遭遇。雄獅通過尿液氣味標記領地，遇上入侵者，或者是經過的陌生獅子，雄獅都會咆哮著警告來者，然而戰鬥還是免不了發生，挑戰的力量有時候來自外界陌生的雄獅，有時候是獅群內部逐漸長大的年輕雄獅，牠們發起挑戰，試圖取而代之，於是開始一場激烈廝殺，戰敗者或許傷痕累累落荒而逃，也或許當場身亡，戰勝的獅子擁有繁衍後代的權力。

獅群中的母獅基本是穩定的，牠們自出生起直到死亡通常都待在同一個獅群中。但公獅常常輪換，可能是避免近親繁衍的本能吧，時間久了，獅群裡年輕的獅子全是獅王的孩子啊，兒子可能挑戰牠，女兒則成了牠的妻子，就連獅子也不想吧。所以牠們在一個獅群通常待兩年到六年，要嘛被年輕力壯的獅子趕走，要嘛自行離家出走以尋找新組合。草原上無家可歸的雄獅流浪著，四處遊蕩，追蹤遷徙的獵物群，就像眼前這一頭落單的雄獅，不知所措的被一輛灑水洗街車驅趕而去。

她坐在速食店的窗邊，咬著加了荷包蛋的鮮肉滿福堡，咖啡只加奶不加糖，這樣的咖啡螞蟻不愛吧，連續多次遇到獅子，她的恐懼逐次下降，一夫多妻的獅群，一妻多夫的蟻群，各有不同的繁衍方式，如今獅群的生存顯然遭逢巨大危機，部分獅種甚至滅絕，那麼，蟻族呢，生存現況要好些吧？

至於她？她的存在不影響誰，有時候她是長袖善舞的C小姐，堆出花枝亂顫的笑，接下數不完的造型工作；有時候她是富貴悠閒的T太太，和朋友逛街、看電影、做SPA、打麻將，一邊好整以暇的應付著孩子的朋友、老公的部屬，誰不稱讚她賢慧。至於那些瑣碎的廚房工作，就交給躲在網路世界，漫步錯置城市，沒有愛情也沒有事業的寂寞女人就行了，沒有人記得她，她只能煮果醬揉麵團烤餅乾，製造出一點人生甜蜜。

水隔開了螞蟻的信息素，果蠅卻如雪花飄落，追逐著離群的獅子，在這座城市裡，隨風而來的果蠅和飛花，何者更讓人詫異？空中飄浮的星星點點，在落地的刹那，看著又像花朵，極輕極淺的淺藍色花瓣，襯著天空，幾乎看不真切，遠遠只看見葡萄紫的花蕊。她誤以為是和人腦結構相似的果蠅，果蠅腦部的傳達沒有發生，一朵花落在她頭髮上，她伸手取下花的刹那，城市回歸應有的位置，拼接錯置的記憶，就如螞蟻消失的信息素，電台不再發射的電波，再也傳達不出任何訊息。

煙

原來不用等到那一刻，
生命早就暗暗地燃燒，
一點一點燒盡，
最後送進爐子的軀體
已經不完整。

那騰騰升起的煙，原來是靈魂的重量。

滕曉終於找到了一份工作，在她畢業後的半年。她並不知道這份工作具體做的是什麼，但是她知道這份工作的地點在沿海一座大城市，這對她很重要。她不能回去自己生長的小山城，倒不是她不想回去，而是她周遭的人認為她不應該回去，不僅是她，所有離開了山坳走到沿海的人都不該回去。更何況她還在這座濱海的美麗城市讀完了大學，她比別人更沒有理由回去。

面試的時候，滕曉才知道海濱原來也有山坳，在城市的邊緣，她換了三趟車，又步行了十五分鍾，才找到這一幢座落荒草間的水泥建築，四層樓的房子，一樓是門市，滕曉想門市設置在荒煙蔓草間能有生意嗎？接待她的中年男人似乎一眼看穿了她的疑惑，說：「門市做的不是散客的生意。」不是散客，難道有團客？或者是批發？滕曉沒有發問，她不想惹人煩，只想找到一份工作。男人帶她去了三樓，經過二樓時一片漆黑，男人潦草的丟下一句：「這裡是倉庫。」

滕曉的面試是在三樓進行，她見到了另一個男人，和剛才那個男人滿頭濃密的黑髮不同，這個男人禿頭，矮小，卻有一雙大腳，穿著一雙在滕曉看來何時都不會流行的尖頭白皮鞋。男人自稱范總，他問滕曉：「你會瑞典語嗎？」

滕曉搖頭，回答：「我會英語，還有法語。」添上後面這一句，滕曉其實有點心虛，但是她已經找了半年工作，所以即使她的法語程度連寫一封簡單的書信都有問題，她還是硬著頭皮說了。

「那也行，差距不大。」

「我的工作要聯繫瑞典方面嗎？」滕曉大著膽子問，她可一句瑞典話沒有聽過。

「那倒不必，就是要翻譯些資料，我們的產品是瑞典的。」

滕曉在心裡盤算，屆時在網上搜一個翻譯引擎，然後再順順句子潤色一下，看看能不能蒙混過去。爸媽電話裡總問她找工作的事，沒找到這樣的話，她實在說不出口了。她強自鎮定地說：「瑞典文翻譯成中文？我可以試一試。」

「不是，是中文翻譯成瑞典文。」范總回答。

「我們的產品不是從瑞典進口的嗎？」滕曉不解地問，問完有些後悔，她其實對貿易一竅不通，何必多事，話多反而容易露餡。

「是啊，這些細節你不必管，到時我叫你做什麼，你做就是了。」

滕曉一喜，這下總算找到工作了，做的是什麼沒法計較，工作地點偏遠也沒法計較，工資扣了吃住基本開銷，剩不了錢也沒法計較，至少可以不再跟家裡拿錢了。

范總交代滕曉明天來上班，她的辦公室在四樓，目前這個工作最大或者唯一的好處是她竟然擁有一間自己的辦公室，辦公室不大，但是裡面辦公桌檔案櫃書架電腦一應俱全，最重要的是還有一扇大窗戶，雖然窗外和她原本想像的繁華不同，水泥叢林變成了真實的叢林，但她還是挺高興的，完全沒有意識到她獨自使用一間辦公室是因為這家公司的員工實在太少。

從滕曉現在的住處來新公司上班得跨過整座城市，一往一返，一天至少得花四個小時，時間金錢都划不來，更何況看這裡的情況，滕曉估計附近的房租很可能比她現在住的地方還便宜。果然，上班後，滕曉抽空在網上找出租的房子，有一間十幾坪的套房，租金便宜，距離新公司走路也只要二十分鐘。滕曉很興奮，想中午立刻過去看看，房東說正上班趕不過來，晚上吧。晚上就晚上，下了班，滕曉依照地址找到了房子，裝修的還可以，家具窗簾都有九成新，滕曉立刻簽了一年約，覺得自己運氣不錯，一下子工作找著了，住處的問題也解決了，以後八點十分再出門也來得及。

然而，搬進去才兩天，第一個週末，滕曉意外發現她的窗子遠方有一根巨大的煙囪，由於煙囪和她賃居的房屋間沒有其他建築，直挺挺矗立在灌木叢間的柱狀物尤顯突兀，煙囪冒著滾滾煙霧，盤旋繚繞向天空竄升，近處低矮的藍色牽牛花完全引不起人注意。

怎麼？那裡有工廠嗎？那天來看房子時天已經黑了，她根本沒看清楚窗外是什麼，反倒是被大幅纏枝花卉搭配同色系紗簾的雙層窗簾分散了注意力。那根煙囪是什麼？繚繞的煙霧令人不舒服。

下樓買午餐時，滕曉一邊等著小店老闆下麵，一邊隨口問起那根煙囪，麵店老闆沒回答，反而問起滕曉吃不吃辣？這拌麵加上一小勺他們店裡自製的獨門辣醬更香，滕曉說吃辣，老闆立馬加了一勺。滕曉隱約覺得老闆顧左右而言他，難道是汙染工業？她狐疑的拎著麵上樓，邊吃邊上網搜，那根煙囪與工廠無關，它不是用來生產的，正巧相反，它是用來銷毀的，銷毀生命的痕跡。

滕曉怎麼也想不到自己的新鄰居是火葬場。

她在這一座城市讀了四年書，竟然從來不知道火葬場在哪裡？是啊，年輕的她原本生活和火葬場有著一定的距離。難怪這裡的房租特別便宜，難怪房東堅持晚上看房。

滕曉默然瞅著窗外的煙囪，她拉上了窗子，她現在知道那些煙是怎麼產生的了，她突然有些噁心，咽了一口吐沫，她又拉上了窗簾，鵝黃織錦上盤繞著橄欖綠枝葉頂端綻放珊瑚紅花瓣，這會看著也不覺得鮮豔蓬勃生氣盎然了。

滕曉曾經問過滿頭濃密黑髮的同事阮大中，公司銷售的所謂保健食品真的是來自瑞典嗎？

「誰曉得，公司這麼說，我們也就這麼說，反正吃得也不是我們。」阮大中這麼回答，他一點不在意貨從哪裡來。

當然，貨從哪裡來確實對阮大中沒有影響，但是卻對滕曉有影響，范總交給她翻譯成瑞典文的資料，即便是中文寫成，滕曉也常看得一頭霧水，不明白那千年原始森林中的樹皮怎麼搖身一變成了可以防癌的保健食品，猶如神力加持般的利器，要把這樣的文字翻譯成瑞典文，滕曉十分頭疼，卻也不能不硬著頭皮瞎編瞎造。滕曉根本懷疑這些淺棕色粉末填充的膠囊就是本地某個小工廠生產加工的，和遙遠的瑞典扯不上任何關係，唯一的一點聯繫，就是滕曉拼湊出的瑞典文，既然如此，聲稱它來自法國不好嗎？滕曉至少還稍稍懂一點法文。

滕曉不能直勾勾的這麼去建議范總，這一點腦子她還有，於是她假裝不經意地問：「說明書用法文不好嗎？國內的消費者對法國比瑞典熟悉啊。」

「諾貝爾獎和法國有關係嗎？再說，就是要挑消費者不熟悉的。」

原來關鍵在這裡，諾貝爾獎啊，原本不關心諾貝爾獎的滕曉突然覺得這一項世界矚目的大獎霎時與自己發生了聯繫，就好像自從發現自己住在火葬場旁邊之後，她突然覺得這座城市裡許多意外事故與自己有了聯繫。比如，前幾天在某社區公寓裡發現一具已經腐壞長蛆的屍體時，警方一時不能確定死者的身分，但是滕曉卻想著不論他的身分是誰，一旦確定了，他大概就會被送到滕曉身邊的火葬場，在高溫催化之下成為縷縷黑煙。

據說靈魂是有重量的。以前滕曉並不特別關心死亡這樣的事，直到火葬場成了她的鄰居。前幾天她看了一部電影，片名是《二十一克》，電影裡說：「不管你是否恐懼，最終他都會降臨，在那一時刻，你的身體輕了二十一克。」這裡所說的「他」是死亡，而二十一克指的是靈魂的重量。

好奇靈魂的重量是怎麼被發現的滕曉，在網上搜尋，結果找到了二十一克的來歷。美國麻省的鄧肯・麥克道高醫生一九〇七年四月在《美國醫學》雜誌上發表了一篇《關於靈魂是物質的假說並用實驗證明靈魂物質的存在》的論文。作者為了證明靈魂是一種可以測量的物質，設計了一種計量靈敏的秤重裝置在床上，讓快死的人躺上面，然後持續測量這個人的體重，結果發現死亡的瞬間死者的體重產生了變化。而這減輕的二十一克，麥克道高醫生認為就是靈魂的重量。

同樣基於生活的改變，既然二樓堆滿的貨品每一盒裡都有著出自滕曉之手的瑞典文說明書，她也突然留意起諾貝爾獎的相關報導。一位瑞典教授說：「只要瑞典科學院不再參與諾貝爾獎，它就可以擺脫所有的批評，但是這樣的話，隅居北歐一個黑暗角落的小小瑞典，將會失去與世界科學事務所保持的獨特接觸。」報導中說，其他國家的人很難想像在寒冷的瑞典，人們對諾貝爾獎懷抱著怎樣的激情。諾貝爾獎在瑞典是一項國家大事，每年接近十月時，各行各業的人都會參與這一場盛大的猜測遊戲。諾貝爾獎設立了五類獎項：物理學獎、化學獎、生理學醫學獎、文學獎、和平獎。諾貝爾獎是唯一面向全世界的科學獎項，但公司倒也並未聲稱自己的產品和諾貝爾化學獎或醫學獎有什麼關聯，大約這樣反而容易被識破，只要佯裝瑞典貨，讓人有種特別學術的聯想就行了，好比法國紅酒或法國香水，法國是形容詞，不是專有名詞。滕曉在一份報導中看到瑞典皇家科學院負責頒布物理學和化學評獎；卡羅琳醫學院負責頒布醫學獎；瑞典文學院負責文學獎，但是和平獎卻是由挪威的一個學會頒布，所以嚴格說起來諾貝爾獎與兩個國家有關。因為一八九五年諾貝爾立遺囑時，瑞典和挪威還同屬於一個國家，也就是瑞典王國，一九〇五年挪威獨立，但是負責和平獎的學會並未因此發生變化。

這是一種寓意嗎?剛好是負責和平獎的學會屬於從瑞典王國獨立出去的挪威。獨立與和平往往是難以兩全啊。

快要下班的時候，范總突然拿了一疊厚厚的材料要滕曉翻譯，他說：「你加班趕一趕，我明天要。」

滕曉不在意加班，反正回家也沒有什麼事，別說她住的太偏遠，坐車進市區要花一個多小時，她的工資也禁不起她出入那些娛樂場所消費，更重要的是，沒有人約她。畢業之後，同學們很快失去聯繫，有些回了家鄉，留下來的，都是原本和她就沒來往的。滕曉頭疼的是這麼厚的資料她怎麼翻得完，別說她不懂瑞典文，就是她懂，也來不及啊。但她不得不接過資料，范總出現前，她正在網上瀏覽一條新聞，濱海公路發生了一起重大交通事故，一輛小轎車追尾撞上一輛大貨車，翻滾至對面車道，與另一輛小轎車攔腰撞上，兩輛車，六個人，其中四人傷重不治，兩人送醫急救，仍在觀察。

報導中是這麼說的：仍在觀察。

滕曉默默念著這幾個字，仍在觀察。一邊無奈地翻開范總交給她的資料，她眼前一亮，看似厚達二、三十頁的資料，結果裡面大都是曲線圖表，和大量的數據，感謝阿拉伯人發明阿拉伯數字。她一邊吃著抽屜裡的奧利奧甜橙芒果味夾心餅乾，一邊編造她自己也不知道通不通順合不合文法的瑞典文，不到九點，她已經完成了范總交代的工作。她將剛剛印好還有微溫的 A4 文件複印了一份，然後一份放進自己的抽屜鎖上，一份放在范總辦公桌上。

回家的路上，滕曉買了一碗素三鮮餛飩，剛才吃了太多巧克力水果夾心，嘴裡又甜又膩，胃卻發酸，非得吃點鹹味的熱食，才能舒服些。拎著紙碗上樓，她小心地保持著平衡，不讓湯從碗中溢出。打開門，餛飩放在小桌上的那一刻，她又想起了下班前看到的車禍報導，她再小心，湯還是不可避免地溢出了少許，就像人死的時候出逃的靈魂嗎？在死亡降臨的那一刻，豁然被擠壓出身體，那是一種什麼感覺？逃脫了？還是被拋棄了？是覺得輕鬆了？自由了？還是極致虛無的空乏？無邊無際的恐懼？

再過幾天，車禍中喪生的四個人就會來到滕曉附近，化成縷縷黑煙。四個人都很年輕，年紀最大的才二十八歲，其中一個比滕曉還小兩歲，生命就這樣消失了。

在公司上班一段時間，從各種文件帳本發票拼拼湊湊，滕曉漸漸推測出那些膠囊裡填充的粉末原來是一種酒精酵母，釀造酒的過程裡產生的一種廢棄物，過去有人將這些回收當豬飼料，後來有人將酵母做成健素糖。既然可以吃，不論是豬吃還是人吃，頂多就是沒有療效，應該也不至於產生什麼傷害。可是，滕曉後來又發現酵母是很容易變質的食物，如果不妥善存放，就可能被其他細菌、黴菌汙染。總之，這些被填充在膠囊裡的粉末並不是在嚴密控制的工廠製造包裝的，也沒有檢驗過重金屬與汙染物含量，好比給豬吃的飼料酵母與人吃的食用酵母在檢測其中所含的大腸桿菌的衛生標準就不一樣。

滕曉心裡有一種衝動，想要在網路上揭發這個騙局，所謂瑞典進口高級保健食品，既非來自瑞典，且不是提取自什麼原始林中珍貴樹木，其實就是餵豬的飼料。沒立刻揭發，並不是因為擔心自己又要陷入無業遊民的窘境，才遲遲未付諸實行，而是因為那些她拼湊看來的存檔帳本發票似乎不足以作為證據，而且她當時沒有拍照，現在再要蒐集，恐怕得等上好一段時間。當然，阮大中和送貨的小張也讓她心存顧慮，阮大中的妻子身體不好，女兒在讀中學，妻子的醫藥費和女兒學校裡加收的補習費已經讓他喘不過氣；小張的年紀和滕曉差不多，卻正供弟弟讀大學，他的父親在他小的時候就不在了，他說弟弟書讀得好，是他們張家的希望，他還要供他讀研究所。如果滕曉就這麼上網揭發了，不就害他們兩人沒了工作，他們家裡又該怎麼辦？范總固然是個騙子，但是每次阮大中向他預支薪水，儘管他念念叨叨，不情願，不乾脆，最後也都預支給他了，如此說來，他似乎也不全然是個壞人。

有一回，范總和滕曉說，有些人買保健品吃，吃得不是成分，是心理上的安慰，他要的是自己被善待了的感覺。滕曉沒有言語，她心裡琢磨著，范總突然和她說這話，是懷疑她會有什麼舉動嗎？見她不響，范總自顧自地又說，有多少為人子女的，平日裡總說沒空回家看爸媽，就顧著忙自己那點破事，要沒有我們這些保健品，他們拿什麼減輕自己的愧疚，所以這其實是心靈保健品，治心用的，更何況，它還有營養。

有營養？滕曉低著頭，在心裡替范總說出那句他沒有說出口的話：一點營養沒有，也不拿它餵豬了，哪個養豬戶不是希望豬吃得肥肥壯壯不生病。

范總出去了，他其實在公司的時間不多，很多事都是阮大中處理，小張負責出貨，每天來來去去。滕曉常常一整天一個人坐在四樓，下樓買飯吃的時候，和阮大中說上幾句，有時懶得下樓，在辦公室裡吃碗泡麵，晚上回家，驚覺自己一天沒說過話。她花很多時間在網上，以前的同學依然借著社群網聯繫，她問過自己，是因為畢業後沒有交到新朋友，所以她一直維持著舊同學的聯繫？還是她其實想從中偶爾得到蒙樂的消息，哪怕只有斷斷續續的一點點，但至少不至於完全斷了關係。

從進大學的那一天，她就已經暗戀蒙樂了，他卻直到二年級還叫不出她的名字，他從未注意過她，他的世界太精彩，而角落裡的她又太不起眼，如果現在兩人在街上相遇，他根本不會認識她，更不會多看她一眼。但她還是忍不住想知道他的消息，他們說，蒙樂到英國讀書了，所以她不可能在街上遇到他，但是她在電腦上看到了他拍的雪人照片；他們說，耶誕假期蒙樂去瑞士山上度假，那是她一輩子大概都不會去的地方，但是她讀到了他形容山上空氣清冽甜沁的文字。

當滕曉看到這一段文字時，是深夜十二點，她的窗簾緊緊拉起，不留一絲縫隙，入夜後的火葬場停止焚燒，她卻依然可以感覺到繚繞不止的黑煙，還有徘徊不去的幽靈。

他們之間的差距不但從來沒有縮小，還持續倍數拉大。滕曉的心裡並不覺得悲哀，但卻覺得寂寞。

「城西一所小學出事了，有個男人拿著菜刀在校門口揮刀砍了幾個小學生，我經過的時候聽人說的，旁邊的人一下子沒反應過來，太突然了，等制止住他，已經砍了好幾個。」小張回公司時說，他倒了一大杯水猛地往喉嚨裡灌，像是要澆熄他的驚詫，世上總有人心裡不平，但怎麼也不應該拿孩子出氣。

「是尋仇嗎？」滕曉問。

「誰知道，也說不定就是仇富，城西高級住宅多，那一片出入的都是高級車。」小張說。

阮大中掏了一根菸遞給小張，兩個人點了，一吸一吐，滕曉默默地回到了四樓，不遠處高高矗立的煙囪，也是這樣揚著煙，原來不用等到那一刻，生命早就暗暗地燃燒，一點一點燒盡，最後送進爐子的軀體已經不完整。滕曉在網上搜，還沒有相關新聞報導，有孩子被砍死了嗎？還是只是受傷？砍人的人呢？會被判什麼刑？如果是死刑，執行後也會送到火葬場一把火燒掉嗎？

孩子的靈魂或許比較完整吧。

傍晚，滕曉在網上看到了相關的新聞報導，七個孩子遭砍傷，其中一個傷到大動脈，送醫後不治，另一個右手臂肌腱遭砍斷，未來手臂功能恐怕受影響，其餘五個傷勢較輕，處理後已經回家。但是許多孩子受到驚嚇，學校與家長正針對其心理受到的傷害進行平撫。兇手聲稱他聽到了有一個聲音不斷要他這麼做，這個四十歲的男人是真的瘋了？還是從電視劇看來的，想要以暫時精神失常為自己脫罪？那個意外喪生的孩子才十歲，他的爸媽不知道會有多傷心，滕曉默默記住了那個孩子的名字。

滕曉不知道自己幸不幸福，她的工作顯然沒有意義，她的生活貧乏空白，她的情感沒有寄託，她的心靈無處安放，她的未來看不到希望。但是比起林文舫，那個一出校門就被砍死了的孩子，他的書包裡放著剛發的考卷，數學考了九十分，還有一張畫了爸爸帶著孩子放風箏的蠟筆畫……至少滕曉還活著，而林文舫卻來不及長大。

滕曉繼續將范總給她的中文翻譯成瑞典文，有時她也幫范總編寫中文稿，范總不僅不懂瑞典文，滕曉發現他的中文水準也讓人驚訝，恐怕還不及小學畢業生，錯字連篇不說，常常出現不通順甚至不合邏輯的句子。漸漸的，范總也覺得滕曉寫的不錯，便開始口述交代，再由滕曉自行加工，完成先中文後瑞典文的生產。

滕曉的工作量不算大，所以她有很多時間可以上網，春天的時候，他在網上貼了一張照片，英國鄉村草原上綻放的大片野花，淺淺的紫色，夢幻般的風景，滕曉一邊吃著老罈酸菜泡麵，一邊想像他在綻放著花朵的草原上散步，紅白格子野餐布上擺著作為午餐的熏鮭魚起司三明治，帕瑪火腿捲哈密瓜，還有裝在保溫壺裡的熱咖啡；滕曉低頭看見泡麵的包裝如此湊巧的也是紫色，但那印刷出來的豔紫和春天薄如蟬翼的溫柔花瓣有著天壤之別，一個傖俗，一個清新，就像她和他畢業後截然不同的生活。

滕曉不想讓同學知道自己在做什麼，雖然她時常出現在社群網，一開始她還擔心有人追問自己現在的工作，很快她就發現只要她說自己在做文書，就沒有人繼續往下問，沒有人好奇她的生活，在學校裡就不引人注意默默無聞的人，畢業後大約繼續過著乏善可陳的生活。事實也果真如是，她看著網上他貼出的英國南威爾斯草原照片，再看看自己正端在手裡的紙碗，誰會有興趣知道她的生活。

然而，就是這個春天，幾天前公司還有一搭沒一搭的運作，突然新聞出現了致命性禽流感病毒的報導，醫院中不治而亡的幾個病例，也出現在滕曉所在的城市，網上瀰漫一層薄薄的恐慌，雖然不厚實，也足以提高保健品的銷量，樓下庫存的膠囊一下子被訂光了。小張每天忙著奔波於不同的貨運點寄貨，阮大中處理著訂單之外，還要盯著出貨進貨，范總要滕曉重新寫說明書，包裝盒上要加貼保護呼吸道健康的字樣，貼紙送來了，金燦燦的狹長橢圓形，滕曉和阮大中直貼到半夜才貼完，阮大中說：「明天我會和范總說，這段時間大家辛苦了，應該發點獎金算是加班費。」

滕曉點點頭，和阮大中沿著路燈往前走，阮大中平常騎自行車，今天時間晚了，他堅持陪滕曉走回去。

「原來你住在這兒，倒是離公司不遠。」阮大中說。

「離火葬場更近，我租的時候不知道。」滕曉隨口回答，並不是抱怨。

「有時候，靠近死人比靠近活人省事。」阮大中說，滕曉不知道他是意有所指，還是只是基於禮貌安慰她，便沒有搭腔。

第二天，阮大中倒是真的提出了獎金的事，范總猶豫了一下，滕曉以為他會推脫，沒想到這回他倒爽快，說等這批訂貨的貨款收回來，下個月吧，給大家發獎金。范總乾乾的笑了兩聲：「我知道大家辛苦了，時勢造英雄，這回我們是小賺了一筆，我還計畫把握這波勢頭，推出新產品，大家一起努力。」

沒幾天，新產品就出現在倉庫裡，同樣是瑞典貨，這回來自海裡，是一種海藻，范總聲稱可以提高人的免疫力。滕曉開始配合范總的口述寫說明書，吃午飯的空檔，她在網上看到蒙樂新貼的照片，是一座馬場，如茵碧草，白色柵欄，高大壯實的棗紅馬匹昂首闊步，他正在學騎馬，英國的高尚人士都會騎馬吧，滕曉心裡估摸著。她想像他穿著白色馬褲，藏青色雙排扣剪裁合身的騎馬服，一定很帥氣吧，為什麼他只貼了馬場的照片，不上傳自己的照片？是為了分享時還想保有多一點隱私？還是獨自練習騎馬，不習慣自拍？自拍多少有一點自戀的嫌疑吧，他卻明明是眾人矚目的焦點，自己還不以為意，彷彿不知道有人關注著他。

滕曉記得，還在讀大學時，老師說瑞典的科學家用海藻的纖維素製造出了像紙一樣薄的電池，那海藻來自波羅的海，波羅的海是世界上鹽度最低的海，德語為 Ostsee，瑞典語為 Östersjön，芬蘭語為 Itämeri，波蘭語為 Morze Baltyckie。范總說他們賣的就是波羅的海的海藻，波羅的海的鹽度最低是因為波羅的海形成的時間還不長，這裡在冰河時期是一片冰的世界，冰川向北退去後留下的低窪處形成了波羅的海，與外海的通道又淺又窄，鹽度高的海水不易進入，且波羅的海緯度高，氣溫低，水氣蒸發少，但是降雨多，四周又有兩百多條河流注入，因此海水含鹽度不到百分之一，低於全世界海水平均含鹽度百分之三點五。范總宣稱這樣水質純淨的海域裡，生長的海藻特別健康。滕曉翻著范總給她的一疊資料，心裡只是想著，原來波羅的海不靠著英國的陸地，就連這樣輾轉又輾轉的關係，她和蒙樂之間也拉扯不上。

一個星期過去，這座城市因為新型變異禽流感病毒而喪生的人數已經增至六人，幾乎一天死去一個人，城市的恐慌逐漸變濃，雞鴨被大量撲殺，民眾不但不敢吃禽類，也不敢吃蛋。滕曉想，那因為病毒感染失去生命的六個人，也就快要送往火葬場了吧，就在幾天之前，他們一定不曾想過自己即將化成一縷黑煙。

新聞上說，如果溫度升高到二十六度，並持續下去，將會影響病毒的活動力，那麼對人的致病率也可望降低。果然，天氣放晴，雖然才四月，城市的溫度突然飆至二十八度，滕曉想很多人大概都鬆了一口氣，范總卻皺起眉來，瑞典海藻才剛剛推出，他還指望大賺一筆，不知道是范總的禱告奏效，還是天不從人願，氣溫從二十八度拔高到三十度後，一夜之間又掉到了十六度，並且繼續往下掉，即使沒有接觸到病毒，城市裡的許多人也染上了風寒。

氣溫低到只剩十二度的那一晚，蒙樂在網上貼了復活節的彩蛋，色彩鮮麗繽紛活潑的彩蛋在禽流感流行期間似乎有了特別的隱喻，滕曉思索著。翌日早上在新聞報導中看到，北方的幾座城市難得的飄起四月雪，雪花與櫻花花瓣齊舞，共同建構了一場美麗但詭異的風景。城市裡的禽流感繼續著，范總的海藻銷售業績也攀升著。五月，范總實現承諾，給他們三人發了獎金，還擴大編制，又招進一名送貨員。

阮大中說，女兒想要一台新的電腦，原來的那台實在不堪負荷；小張說，獎金正好給弟弟交補習費，他考研要上加強班。沒人知道海藻的身世，反正滕曉不相信海藻來自波羅的海，她倒是看到過一張寫著山東威海的單據。但是海藻的創收，確實給大家帶來好處，阮大中問滕曉：「你計畫怎麼用獎金？買新衣服？年輕女孩應該穿的花俏點。」

滕曉想了一下說：「還是寄給我媽吧，母親節就要到了，我長這麼大，還沒拿過錢給她。」

阮大中點頭，眼中充滿讚許，說：「你不打扮，也很漂亮。」

滕曉不好意思說，不是她不想打扮，每天對著的這幾個人，實在沒法激起她裝扮自己的衝動，天天牛仔褲，冬天羽絨服毛線衣，夏天T恤衫，來這上班後，她真沒買過一件新衣服，都是之前在學校時穿的。因為蒙樂，滕曉大學時曾經費心裝扮過，那種費心走的是清純路線，一種看似不經意，其實用盡心思的裝扮。當然，她的治裝費有限，省了一個月的伙食費，只能去買條剪裁講究的牛仔褲，但是BB霜製造的裸妝效果是必要的，好氣色讓她看起來容光煥發，加上一肩飄逸的直長髮，事實是她沒錢去沙龍打理，燙髮染髮的花費對她太奢侈。她用心做的這一切，卻從不曾吸引他多看一眼，滕曉在校園裡太平凡，美麗搶眼的女孩太多，沒多久，他身邊就有了一個高䠷的大眼美女，大三下學期，換了另一個短髮高鼻梁的俏麗女孩，滕曉於是知道，不論是誰和他走在一起，他的眼裡都沒有自己。

五月，蒙樂在網上貼了鈴蘭草的照片，白色的鈴蘭花，成串低垂著，一簇簇溫柔的生長在窗台上的瓦盆裡。他說，照顧了一個多月，從花店買回來的鈴蘭草終於開花了。鈴蘭花的花語是幸福重歸，滕曉深深注視著他親手拍下的白色鈴蘭花，彷彿可以聞到淡淡的花香。她上網查鈴蘭花的花語，如同這是他向她傳遞的暗語，竟意外地發現鈴蘭是瑞典的國花，那樣一個寒冷的國度，國花卻是如此嬌小溫柔惹人愛憐。這是他和她之間的一種巧合嗎？這巧合暗示著什麼嗎？瑞典和鈴蘭將他們的距離拉近了，雖然只有滕曉一個人這樣想，對於鈴蘭的眷戀與甜蜜聯想，促使她又上網尋找，真讓她找到了胸前有著鈴蘭花圖樣的T恤衫，雖然不便宜，是她一個星期的伙食費，但是她還是買了。下單後，她天天期盼收到T恤衫，她溫柔的想著，當窗台的鈴蘭草初探出細小的花苞時，他也曾經以同樣的心情期待著花開吧。

六月，禽流感如專家預測的一般，在持續高溫的作用下，漸漸隱匿，醫院裡幾乎不見新的病患。二樓還堆著好幾箱沒賣出去的海藻，范總正後悔著不該急著擴編，生意的榮景只維持了兩個月，薪水卻是每個月都得花。更讓他意想不到的是，不過是兩個月的熱銷，已經引來食品管理局的關注，開始調查他們公司。范總書讀得不多，但畢竟不是初出茅廬什麼都不懂的傻子，他收到了風聲，不等管理局的化驗結果出來，他先就人間蒸發，滕曉幾個人都沒拿到七月的薪水，還好管理局相信他們四個人只是受雇，對於貨品來源不清楚，總算沒惹上官非。

八月，管理局查封了二樓的貨，那天滕曉就穿著有鈴蘭花圖樣的T恤衫。下午，他們已經沒有辦公室可待，阮大中掏錢請滕曉和小張兩個人吃了一頓飯，新來的送貨員見苗頭不對，上個星期已經自動消失。他們到附近川菜小館點了麻婆豆腐、回鍋肉、乾煸四季豆、魚香肉絲四個菜，算是大家同事一場，臨了吃頓散夥飯。

滕曉上了八個半月的班，拿了七個月的薪水，又回到了失業的行列，她不打算告訴家裡，反正租約要到十二月才到期，那時她應該可以找到下一份工作。當初發現火葬場的煙囪時，她曾經後悔自己貪圖一次付清一年的租金，房租可以打九折，結果陷在這裡沒法搬家，現在她倒慶幸起自己至少還有個落腳處。窗外的煙囪，別去看它就是了，但是燠熱的夏季，窗戶卻是沒法不開的，沒有公司可以去，她只能天天在家上網，滾滾黑煙於是包圍著她，不認識的靈魂，老的，年輕的，男的，女的，在她的小屋飄來飄去。

滕曉寄出一封又一封應徵信，天氣漸漸轉涼時，她才得到一個面試通知，面試完，她走出大樓，迎面遇到阮大中。

「找到工作了嗎？」兩個人異口同聲，接著忍不住都笑了。

「上個月找到一份大樓管理員的工作，待遇不如從前，勉強應付開銷。」阮大中說。

「我剛面試完，還不知道能不能被錄取。」

「我前幾天聽到了范總的消息，公司的那棟房子要拆了，他拿了一大筆拆遷費，那個地方要改建成一個住宅區。」

「他沒事了嗎？」滕曉指的是賣假貨的事。

「公司查封了，他怎麼逃脫官司的我不知道，我猜他拿了錢會轉到別的地方吧。」

「他還欠我們工資呢。」

「是啊，但是上哪找他呢？」

滕曉和阮大中說了再見，心裡反覆想著他說的那句話：但是上哪找他呢？換了兩趟車，滕曉回到住處時已經天黑，夏天的暮色，一種異常光潔的藍紫色，據說這顏色叫暮光紫。倫敦現在是上午，今天是陽光晴好還是細雨綿綿？蒙樂在上課嗎？他的碩士課程說不定已經結束了，會繼續深造嗎？滕曉打開電腦，連上社群網，果然看到蒙樂新貼了一張照片，是湛藍的大海，海島邊白色的教堂，他去希臘度假了。上個星期他還發了諾丁丘秋景，看到那張照片時，滕曉正吃著超市即將到期買一送一的蘇打餅乾，才畢業一年，他們的距離愈來愈遠。

十一月，滕曉終於找到了工作，每天轉兩趟車去上班，七點就要出門，八點半才能回到家。下個月租約到期，她決定另找一處房子，從這裡搬走。

搬離巨大的煙囪，曾經是她朝思暮想的，一年過去了，她想起自己一直從這偏東的角度偷偷打量著滾滾黑煙，卻不曾看過煙囪所屬建築的完整面貌，週日不上班，很快就要搬走了，她決定親眼去看一看。雖說是十一月了，那天的溫度卻突然飆高，中午陽光下有二十七、八度，她繞過傾斜的山坡，火葬場矗立在她眼前，也許是陽光實在太明亮，並沒有她以為的森冷。

她站在一百公尺外，突然看見一個熟悉的身影，這些年時常浮現在她心頭的身影，即便人就在她眼前，她也可以清楚感覺到他漫上心頭，是蒙樂，他怎麼會在這？家裡出事了？他完成學業了？他朝她走了過來，她很清楚他並不是因為看到了她，他的眼裡依然沒有她，他甚至可能不記得她。他從她身邊走過時，她清楚看見他胸前的工作證，上面有他的名字，他在這裡工作？她驚訝的腦子都停住了。半晌，她聽見自己顫抖的聲音問：「剛剛走過去的那個人，叫蒙樂的，是最近來這裡上班的嗎？」一個和他戴著同樣款式工作證的人回答：「來很久了，有一年多了吧。」

所以，英國留學是騙人的，希臘旅行是騙人的，馬場騎馬是騙人的……他竟然一直就在她的身邊，而她一點都不知道，她每天看見的滾滾黑煙，繚繞在她身邊的幽幽氣息，竟是他參與生產的。

她默默走開，身上穿的就是那件有著鈴蘭花圖案的T恤，她並且記住了火葬場的模樣，那是蒙樂工作的地方，對她從此有了不同過往的意義。她沒有喊他，沒有揭穿他，如果這樣讓他快樂些，她憑什麼拆穿？范總賣假貨，她都沒有試圖拆穿。

晚上，他又在網上貼圖了，是一張倫敦街頭初冬的照片，路邊葉子落了，他說，下個月倫敦會充滿耶誕氣氛，歡樂又寧靜。

他依然看不到她，而她仍然安靜地關注著他。

騰騰升起的煙，原來不僅是靈魂的重量，還是夢想失落後的惆悵。

江岸

他沒有告訴父親自己
離家後做了些什麼，
所謂近鄉情怯，
課堂上沒學會的句子，
後來的人生還是教給了他。

他姓江，父親為他取名岸。

從小他跟著父親在江上討生活，江裡有捕不完的魚，魚有的大些，有的小些，有的貴些，有的便宜些，這是他對這個世界最初的概念。

江岸家晚餐桌上永遠有魚，清蒸最常見，加一點蔥薑，加一點黃酒，有時也紅燒，江岸的爸爸和其他捕魚人不一樣，大多數的捕魚人總是將賣不出好價錢的魚留著自己吃，江岸的父親卻是從每天捕上船的第一網魚中，留下一兩尾作為當天餐桌上的菜，父親說：「人得先填飽自己的肚子，接下來的才是賺的。」

江岸只讀到小學畢業，就沒有再讀。父親對於他讀書的事不熱衷，他在學校的成績很一般，所以老師也沒有為他不讀中學而感到多麼遺憾，只是提醒他，依規定讀中學既是人民的權利，也是人民的義務。江岸不完全明白老師的意思，但反正他並不喜歡讀書，就每日和父親在江上打魚。江岸從小就沒有母親，父親說，母親不在了，不在了是什麼意思？江岸反覆琢磨，不在了可以解釋為離開了，也可以解釋為死了，究竟是哪一種呢？鄰居們說，江岸兩歲的時候父親帶著他來到江邊，就只父子倆，他們都沒看過江岸的母親。

江岸相信他的母親還活著，只是離開了父親，小時候他常幻想，有一天放學回家，發現媽媽來找他了，媽媽會抱著他，告訴他再也不會離開他。但是這幻想始終沒有實現，江岸小學畢業後，他修改了自己的幻想，有一天，他會到大城市打工，然後找到自己的媽媽，媽媽會抱著他說，你總算來到我身邊了，我一直在等這一天。

但是這一天，直到江岸十五歲都還沒實現，他已經捕了兩年魚，皮膚黝黑，渾身魚腥味，他都不在乎，但他愈來愈無法按捺到大城市看看的渴望，不只是為了尋找母親，還有一個年輕人對世界的好奇。這樣的念頭愈來愈強烈，燒灼得他日夜難安，一江豆綠色的水也湧動不息。終於他留下一張字條，就走了。坐在車站等車的時候，他突然想，媽媽當年是不是也是這樣離開爸爸的？他畢竟有著相同的遺傳基因啊。

他轉了兩趟車，來到江邊小村落外兩百多公里的N城，他漫無目的在街上遊逛，看到什麼都覺得新鮮，夜深了就在車站湊合著混過去一夜，第二天決定振作起來找份工作安頓自己，找工作不如預期順利，但是每一次面試後，他都得到一點竅門，慢慢修改自己的資料，從十五歲改口十八歲，從沒有證件改口路上遺失了，到第五次面試時，他已經略顯沉穩，而不是初時的生澀呆滯，他終於找到了一份廚房打雜的工作，工資雖然不高，但是餐廳供膳宿，在同事小唐的帶領下，他辦了一支手機，他輕輕觸摸黑色的外殼，那是他成為都市人的一把鑰匙，打開前往未來陌生空間裡緊密牽繫的信息傳遞方式。

有時，江岸在水龍頭花花的流水下刮魚鱗，剖開魚肚清除內臟，上衝的腥味與盈耳的水聲，讓他彷彿回到江邊，他想念父親，但是不想念江上打魚的生活，他決定留下來。廚師看他清魚手腳俐落，開始讓他在打雜之外幫著配菜，一天負責炒菜的二廚助手沒來，他也讓江岸站到爐前拿了一回鍋鏟，雖是一個指令一個動作，但也似模像樣，那道菜是荷塘小炒，秋天裡的季節菜，新鮮水靈秀嫩的蓮藕荸薺菱角，全是剛採的，搭配蘆筍和木耳，切片切段炒成一盤，清香脆爽。蓮藕荸薺菱角，江岸都不陌生，卻不知城裡人是這樣吃，菱角不是紫黑色蒸來粉糯的那一種兩角菱，而是一種綠色的三角菱，特別爽脆。廚師覺得這年輕小伙有潛質，決定收他做學徒，江岸不再洗菜揀菜，開始拿菜刀切菜。

冬天，N城灰濛濛的，空氣中瀰漫著懸浮塵埃，廚房裡的大師傅不在意，他每天在廚房裡吸夠了油煙不說，還要再抽上一包半菸。下午，廚房空檔，大師傅站在門口抽菸，發現江岸蹲在那曬太陽，一邊用手機玩遊戲，師傅問：「玩啥呢？」

「走迷宮。」江岸回答，說時眼皮都沒抬。

「好玩嗎？」

「瞎玩唄！」

「你家裡做啥的？」這是師傅第一次問關於他個人的事。

「打魚。」

「海上嗎？」

「江上，我爸希望我將來也打魚。」

「他這麼和你說的？」

「沒，但他沒領我做過別的事。」

「也許他想讓你自己盤算，他如果希望你繼續在江上捕魚，就不會替你取名江岸。」

「那會取名叫什麼？」江岸笑了，好奇地問。

「江水囉。」

那大概是師傅和江岸之間進行的最私人的一次談話。有些帶有色情意味的笑話不能算，廚房裡清一色是男性，只有洗碗的大嬸是女人，但是四十多歲的她可比誰都敢說，有時年輕小伙招架不住，臉都紅了，她眉毛都不抬一下，他們不知道江岸沒滿十八歲，平日插科打諢都習慣了。江岸融入了城市，休假時換上一身市場裡買來廉價但款式時髦的衣褲，不開口，別人不知道他打鄉下來。他想找母親，但沒有管道，小唐說，發微博啊，網友肉搜的力量超乎尋常的大，江岸笑笑，沒有答腔，他不能發微博，他連自己在哪出生都不知道，當他到後來唯一有成長記憶的江邊小村時，已經兩歲，兩歲之前父親和他在哪生活，他一無所知，他不知道母親的姓名年齡籍貫，而且，一發微博，別人就知道他不滿十八歲，他怕工作不保。

「你有沒有想過，也許你是你爸撿來的，從江岸撿來，所以取名江岸。」小唐和他開玩笑。

那時兩人正走在街上，秋天，銀杏葉黃了，連江岸這樣沒情調的人都覺得好看，黃燦燦的映著藍天，風吹過，像許多扇形小翅膀翩翩起舞。是啊，他怎麼從來沒有這樣想過，也許他根本是爸爸撿來的，所以爸爸也不知道他媽媽是誰？甚至不知道他爸爸是誰？只是江岸從來沒有問過，因為，在他心裡爸爸就是爸爸，沒有什麼可質疑的。

跟著師傅，江岸學得很快，也許從小跟著爸爸捕魚，撒網收網，他的手腕靈活而且特別有力，有足夠的力才能掌握好力道，一個擁有十分力的人，才知道怎麼用八分力做事，所以切切剁剁，掌鍋勺顛炒鍋，他都很快就能掌握要領，師傅身邊，除開二廚眼看就是他了，而他才剛滿十八歲。

師傅不僅教他顛鍋掌勺，還教他做嗆蟹，靠海的滋味，新鮮梭子蟹洗淨放進盛了鹽水的罈子，加一點白酒，二十四小時就可以吃。吃的時候將蟹切開，沾黃酒、醋、糖，蟹肉半透明如脂如凍，師傅說，團臍帶黃才好吃。江岸的家鄉不吃生蟹生魚，什麼都要煮熟了吃，師傅說因為那是淡水的，海裡的才能生吃，但是蔬菜是長在淡水灌溉的地裡，城裡人也喜歡淋上醬汁吃生的。

江岸在城裡看見了不一樣的吃食，不一樣的生活，媽媽難道是為了這離開他和爸爸，他開始問自己，媽媽為了什麼樣的理由離開他，或者說拋下他，讓他整個童年因為想念她不知道哭了多少回，他可以平靜理解接納不怨怪。切著嗆蟹，他卻想到了魚乾，爸爸總會將沒賣出去又吃不完的魚曬成魚乾，魚乾的口感和新鮮魚肉完全不同，但是滋味更濃郁，而且保存得長久，嗆蟹不能放，要新鮮吃，魚乾卻可以放到來年。爸爸說：那是陽光封存的味道，江岸有些領悟了爸爸的生存哲學，他不提媽媽，也從不看別的女人，即使媽媽不在了，他的愛還是在。

「有人要到S城開餐館，找我去，你要願意，我帶上你，還給你加工資。」S城比N城更大，二廚在N城已經安家落戶，孩子剛上小學，不願意動，師傅和老闆建議，他已經能獨當一面，自己走了，不如就由他接手，老闆也爽快答應，原本廚房裡浩浩蕩蕩八個人，江岸和小唐決定隨師傅走，其他人都選擇留下，N城有他們的家。

「走以前，放你兩天假，你回家看看，這一走離家更遠了。」

江岸轉了兩趟車，回到家已是傍晚，新修了高速公路，路上花的時間比他當年離家時縮減了些，這省下的時間他卻蹲在江邊發呆，遠遠地看著父親。江岸高了，也白了，一身打扮不同了，如果不說，父親從眼前走過也未必能一眼認出他。他遠遠地看著，小唐的話突然撞進心裡，是啊，或許他其實是撿來的孩子，他和父親長得完全不像，為什麼過去不曾發現。他沒有上前喊父親，沒有告訴父親自己離家後做了些什麼，不是因為小唐的那番猜測影響了他，而是他不敢，當年他是逃家，父親為此不論是生氣還是傷心，他都沒有勇氣面對，所謂近鄉情怯，課堂上沒學會的句子，後來的人生還是教給了他。江岸還怕父親不肯讓他再走，他卻不想重回過去的日子。

感謝父親的生活習慣始終如一，趁著天剛黑父親出去遛達，他潛回家，留下一筆錢，和一張字條，他告訴父親，在外面過得很好，也有了工作，他還會再回來的。然後在鄰近小縣城的網咖混了一夜，這回他已經滿十八歲，而且即將換工作了，可以在微博上找人了，為了說不清的緣由，他卻猶豫了，也許他開始覺得爸爸說媽媽不在了的不在了，不是指她離開了，而是指她死了。

兩個月前，江岸蹲在餐館後門口玩手機，看到一個女人失魂走過，焦急地四處張望，口裡喊著一個他聽不清楚的名字，她的臉因為害怕整個扭曲，使得她自身整個成了一具駭人的怪物卻不自知。也在後門口抽菸的師傅見了，問女人：「出啥事了？看你急的。」女人說：「我娃娃不見了。」那口音不是本地人，師傅問：「多大的孩子？男的女的？」女人說：「四歲的男娃，穿一件紅襯衫，牛仔吊帶褲。」師傅推了推江岸和小唐：「別玩手機了，去幫著找一找。」小唐站起身不疾不徐地說：「八成在旁邊的遊戲店，不然就是超市門口，我去遊戲店看看，你帶這位大姐去超市門口找。」驚嚇地變了臉的女人隨江岸去了超市門口，那裡有幾架投幣玩具，做成馬車、飛天超人、火箭等造型，投了錢，孩子坐在裡面便會搖擺一番，走近了，果然看到女人描述的小男孩，男孩看見媽媽來了，過來伸手拉，要媽媽投錢讓他玩，絲毫不覺得自己失蹤過，女人哭了，緊緊抱著孩子：「不准亂跑，把媽急死了。」江岸呆呆立在一旁，想著自己的母親，半晌，女人想起他，向他道謝，原來女人生得五官清秀，雖然帶著淚，倒也是個漂亮女人，剛才失心瘋般整個輪廓都變了樣，竟完全看不出來。

就是那天下午，江岸開始覺得媽媽已經不在人世了，不然怎麼可能不來找他？終於在網咖玩了一夜遊戲，天剛亮，江岸就搭車回N城。師傅見了他問：「家裡都好？」

「都好，爸爸叫我好好跟著師傅做。」江岸說，師傅聽了點點頭。江岸說完，心裡有點苦澀，他逐漸發現人有時沒說真話，並不是要騙人，而是希望日子能和順的往下過。

S城光鮮亮麗龐大無邊，這和江岸成長的小村截然不同，江邊的小村潮濕潤澤，江水是豆綠色的，江岸和父親住的小房子灰撲撲的牆角也長著絨絨一層翠綠的苔蘚，近處的車前草，遠處的蘆葦，泥土的淺褐色上長出各種各樣的綠。S城也有綠色，每條馬路上密密種著行道樹，樟樹桂樹楓樹和法國梧桐，那綠和小村的綠不一樣，綠樹在林立的大樓間營造出園林的效果，五彩繽紛的燈吸引了更多目光。江岸到S城時，正是十二月，城裡處處掛著耶誕節飾品，彩帶鈴鐺拐杖，張著翅膀的小天使，還有紅衣紅帽的耶誕老人，商場裡三米高的耶誕樹，蒼翠鮮豔，江岸怔怔望著，然後用手機拍下耶誕樹，他想傳給江邊的爸爸看，但是離家時爸爸沒有手機，說不定現在有了，但他也不知道號碼。

S城的人不知道是不是因為有錢，各種講究也多，小唐批評：騷包。

餐廳裡常有各種名目的聚餐，這一天是個六歲孩子的生日會，她的爸爸媽媽訂了一間包廂，為她邀請了十幾個小朋友一道來過生日。那個爸爸說：孩子吃得開心最重要，菜單由餐廳建議，參肚鮑翅等傳統名貴食材顯然難討孩子的歡心，師傅和江岸商量，江岸一氣說出好幾道菜，炸蝦球、蟹肉橙盅、翡翠魚圓湯、蛋包麵，涼菜是火腿哈密瓜捲，南瓜餅和山藥球做點心，其他菜都不是新菜，蛋包麵是上週和小唐去日本餐廳吃蛋包飯得來的靈感，用炒麵代替飯，外頭包覆噴香鮮豔的蛋皮，再淋上酸甜番茄醬，應該適合孩子的胃口，也應了壽麵的景。師傅聽了，點頭稱讚江岸巧思，抓住孩子的胃口，其實也等於開創了餐廳的生意，十幾個孩子就是十幾個家庭，擴展出去也是值得爭取的客源。

生日會結束，果然客人十分滿意，過生日的小女孩笑得燦爛，小唐問江岸：「你小時候家裡怎麼過生日？」

江岸說：「爸爸會燉個肘子，因為平日總吃魚。」

「你爸對你真不錯，我媽會給我煮碗番茄麵，裡面有個荷包蛋。」小唐說。

江岸怔怔看著小女孩賴在媽媽懷裡，他從沒有這樣的記憶，小時候他總想，等找到媽媽，他一定要媽媽好好抱抱他，現在他卻想，如果媽媽不在人世了，固然傷心遺憾，媽媽明明活著卻捨棄了他，那麼在難過之外，恐怕難免參著複雜糾結。

他的記憶裡只有爸爸，木訥的男人不會用擁抱來表達愛，他只是默默燒菜給兒子吃，日常的鮮魚，過節時的肘子或雞鴨，甜酸鹹辣，填飽兒子的肚子。他已經好幾年沒吃過爸爸燒的菜，在家時不覺得有什麼特別，現在全成了溫暖的記憶，可是以前他卻一直想著不在身邊，他根本不記得的媽媽。

江岸第一次問自己，如果媽媽真是遺棄了自己，他還要想法找她嗎？甚至離開一直在自己身邊的爸爸。

一年三節，江岸總是記得寄錢回家，數目雖然不多，對於江邊的小漁村來說，倒也不無小補，但是他卻一直沒有留下地址，為什麼呢？他已經年滿二十歲，成年了，爸爸不會硬把他帶回去，何必不讓爸爸知道他的行蹤，大約還是對於自己當年不告而別離家出走心有愧疚吧。

幾年下來，江岸不但手藝精進，還推出了幾道創新菜，師傅很看好他，決定推派他參加市裡電視台舉辦的新人廚師大賽，接過師傅遞給他的報名表，他有些躊躇，電視台的比賽要驗身分證的，這會兒如果他參賽，就不能再瞞騙下去了，他望著那張紙發愣，師傅說：「填吧，愣著幹嘛，不就是謊報了年齡嗎？」

江岸驚異地望著師傅，難道師傅早就發現了，卻沒拆穿他？

「一開始我以為你個子長得小，這也沒什麼，但是一般人十八歲以後不大長個子了，你卻又竄高了十公分，我就想你大約是謊報了年齡。你總有你的緣由，我沒問，因為覺得你並不是那不知好歹的孩子，人嘛，不必什麼都要刨根問底。」

江岸填了報名表，師傅瞅了瞅那張表，又瞅了瞅江岸，用那紙輕敲了江岸頭一下：「好小子，謊報了三歲，你大概是今年新人賽中最年輕的了，也好，好好準備，你贏了，讓老闆給你加薪。」

比賽是有轉播的，江岸參賽不只是為了贏得名聲，為了加薪，即便他心有糾結，但還是想利用這個機會找媽媽，雖然他愈來愈不肯定媽媽還在世上，如果他能進決賽，主持人一定會訪問他，他就可以說出他自小的心願了。他終於寫了離家後的第一封信回家，告訴爸爸他將參加料理王新人賽，並且留下了他的電話號碼。兩個星期後，初賽在電視上播出，一百個參賽者在廣場上一起做宮保雞丁，當油鍋熱了，一百個爐子上同時爆香辣椒，嗆辣的煙熏得主持人和評審直咳嗽，那畫面真壯觀，當然看不清其中有江岸，直到評審從一百個人裡選出十二個，這時才有了江岸一個兩秒鐘的特寫，江岸相信爸爸看到了，果然當天晚上江岸就接到爸爸的電話了。

「你怎麼能一聲不吭就走了，這些年爸爸多擔心，寄錢回來做什麼？爸不要你的錢，你至少可以打個電話。」

江岸咬著牙，一臉的鼻涕眼淚，他若不緊緊咬著牙，怕自己便要放聲嚎啕，靜默了半晌，江岸說：「我要找我媽！」

「上哪找去？」

「我現在上電視了，我要讓我媽看到我。」

「看不到了，我不是跟你說你媽不在了，死了，沒了。」

「你騙我。」江岸低吼，他不信。

「我能騙你這？騙你這要做什麼？」

「那你說她怎麼死的？」

「你一歲的時候，她病了，不到半年就走了。」

「好，就算她死了，那墓呢？葬在哪？我們怎麼從沒上過墳。」

「在老家，你若要去，明年清明你回來，我帶你去。我帶你離開老家，是因為我不想待在那，不想去記得那裡發生過的事，現在你也大了，有些事可以讓你知道了。」

江岸的母親是懷著江岸嫁過來的，而那個男人本來就是個外地人，來這裡做研究的，得知她意外懷孕，不想負責便匆匆離去，再無消息。三個月的身孕其實看不出來，江岸的母親便對一向愛慕自己卻無緣一親芳澤的男人說：「你還願意娶我嗎？我想把肚子裡的孩子生下來，雖然他的親爹不是個東西，他到底是無辜的。只要你願意，我會好好和你過日子，一輩子記得你的好。」這個男人就是後來養大江岸的父親。

「我和你媽本來打算瞞你一輩子，可後來你媽走了，我想等你大了再告訴你，你若是想找你親爸，就去找吧，我只知道他的名字，別的什麼也不知道了。他當初是來做研究的，既是做研究應該讀過很多書，你小子一點不像他，完全不愛讀書，也是，讀了書有啥用，他連男人最基本的責任都沒能做到。」

江岸不想找那個男人，他已經有爸爸了，不需要去找一個製造了他卻不想要他的男人。

料理王新人賽進入六強爭霸後，每天餐館打烊，江岸就在廚房裡試做一道新菜，他變得更專注，找不了媽了，江岸一門心思全在做菜上。為了提供意見，師傅和小唐也每天義不容辭留下來試吃，已經試做了十幾道菜，江岸都不滿意，最後他決定以來自灘江的劍骨魚，去骨切片搭配荷塘小炒，做出了一道新菜，取名魚戲荷塘。師傅和小唐吃了都說好，味爽清新。

「小江師傅，這是什麼魚？可能電視機前有些觀眾和我一樣沒有見過。」電視轉播中主持人問江岸。

「這是來自灕江的劍骨魚，灕江是我的家鄉，從小我就跟著爸爸住在江邊，我們在江上捕魚，野生的劍骨魚特別好吃。荷塘小炒則是我出來學廚後做的第一道菜，灕江的魚，洞庭湖的藕，結合了我成長的故鄉和闖江湖的學廚生涯。」為了這段訪問，江岸反覆在心裡練習該怎麼說，終於在餐廳櫃檯負責收銀的倩倩指點下，憋出這段文謅謅的話。

師傅說，現在做廚師光有手藝還不夠，想要有人氣，得有型。

靠著魚戲荷塘，江岸進入準決賽。

江邊，江岸的鄰居擠在江家狹小的客廳裡看電視，電視倒是挺大的，四十吋的螢幕，是江岸父親用江岸寄回來的錢買的，原本的電視又舊又小，畫質也差，為了在電視上看江岸，這下老江才終於捨得換一台新電視。

「小江師傅，你報名參賽時曾經和主辦單位說，你希望找一個人，你要找的是……」螢光幕上主持人問江岸。

「我要找我父親。」

「胡扯什麼這孩子，你爸不就在這兒，回家就行了，找啥找。」一個鄰居說。

老江心裡一沉，不管多不情願，這一刻還是來了。

「父親在哪？你不知道嗎？」主持人問。

「我知道，他一直在家裡。」

主持人笑了：「小江師傅真會開玩笑，他一直在家那還需要找嗎？」

「他是一直在家，但是我離開家了，當年我因為想到外面的大城市看看，就離家出走了，這麼多年沒回去過。」江岸有一點哽咽。

「原來是有這麼段故事，所以你希望爸爸能原諒你。今天做的這道菜是要獻給父親的嗎？」

「是的，給我唯一的父親，我要回家親自做給他吃，山水酸菜魚。」

「你看，這孩子太緊張了，什麼叫唯一的父親，誰還有兩個爹了。」在江岸家看電視的鄰居說。

「因為從小沒媽，所以說唯一的父親吧。」另一個鄰居搭腔。

「這道菜有什麼特別？」主持人問。

「這道菜中使用的醃酸菜來自我媽媽的家鄉，小山村裡為了儲存食材，家家戶戶都會醃製酸菜。而我今天選擇的魚，是小時候爸爸帶著我捕魚，他最喜歡吃的石岩魚。」

「所以這是一道結合了父愛和母愛的料理。」

白色的淺磁大碗裡穩穩躺著片開後再依原型鋪排的魚，魚身下鋪墊著酸菜、筍片和野菌，魚身旁點綴著紅椒，魚身上擱著芫荽和油爆過的青花椒，芳香四溢，江岸將菜端到評審面前，短短一段路，往事紛湧，畫面裡只有父親，沒有母親。

江岸順利進入決賽，決賽是兩人對決爭奪冠亞軍，S城的法國梧桐一片繁茂，小唐說，江岸紅了，他做菜的畫面在網上瘋傳，還有粉絲因為想一睹廬山真面目，特地老遠來S城吃飯，所有參賽的料理如今都成館子裡的推薦招牌菜，老闆承諾奪得冠軍，工資翻倍，小唐說，亞軍也得漲工資，餐館生意比過去更好了。老闆說：「不許烏鴉嘴，我們小江一定是冠軍，我看好。」江岸靦腆的笑笑，工資如果漲一倍，就趕上師傅了，師傅會不會不高興？師傅像是猜到江岸的心思，在後門抽菸時問：「如果你得了料理新人王冠軍，可能會有餐館來挖腳，到時候你怎麼打算？」

「我想繼續跟著師傅，這個獎項是新人獎，所以我還是新人，有很多要學的。」江岸由衷地說，略頓了頓，又加了一句：「只要老闆真的給我漲工資。」

「好，好小子，工資一定漲。」師傅高興地說，用力拍了拍江岸的肩，這是他帶出來的孩子。

決賽的料理究竟要選擇什麼呢？師傅和小唐每天都想出新點子，江岸卻決定做黃辣丁，師傅說：「黃辣丁不是高級食材，會不會太冒險？」江岸說：「就是要做出屬於老百姓的味道。」上了幾次電視，他愈來愈能說了，以前的老師見了，肯定大吃一驚。

其實他選擇黃辣丁另有原因，黃辣丁是俗名，這種魚又叫黃顙，有築巢產卵保護後代的習性。產卵時黃顙會選擇生有水草沙泥質的淺灘，用胸鰭在泥底搖動，形成穴群，然後將卵產在穴內，雌魚產卵後便離開了，雄魚卻會在穴口保護魚卵直到孵化。如果有其他魚企圖靠近，雄魚便撲向入侵者驅逐，並經常撥動鰭幫助水流通，水流有輔助魚卵孵化的功用，這期間雄魚幾乎不攝食。

江岸要做一道黃辣丁，他知道天天捕魚熟悉魚類生態的父親，會明白他的心意，這比得冠軍更重要。

冠軍爭奪賽的錄影開始了，對手廚師做的是佛跳牆，鮑魚海參干貝種種名貴食材擺在檯子上，江岸這頭更顯寒酸。主持人問：「小江師傅要做的是？」

「泡椒黃辣丁。」

「這和您之前的風格有些不同，您之前參賽的菜品都頗具創意呢。」

「這是我小時候父親做給我吃的，從我有記憶起，媽媽就不在了，我和父親相依為命，是從小吃男人菜長大的，泡椒魚雖然很平凡，但是這味道一試就忘不了，搭配黃辣丁細嫩的魚肉，簡單卻美味，是屬於大眾的料理。」江岸說，意指佛跳牆門檻高，即使味道好，一般人也沒法常吃，成不了有記憶的庶民滋味。

「是的，觀眾朋友應該還記得小江師傅想要找在老家的爸爸，您對自己當初離家，有什麼話想說嗎？」

「黃辣丁是一種特殊的魚，魚爸爸會守護魚卵直到孵化成能夠自由游動的小魚。」江岸沒有正面回答。

「相信江爸爸看見當年可以自由游動之後，選擇離家的小江師傅今天展現過人的才華，也會感到驕傲。」主持人接著說，參賽者有故事更能帶動節目的氣氛。

時間慢慢過去，鏡頭隨著主持人穿梭在兩位參賽者之間，直到他們完成料理，將作品端到評審面前，評審先嘗了燉盅裡的佛跳牆，江岸心裡暗自高興，人所嘗到的味道和順序有密切的關係，江岸希望他們能先吃佛跳牆，這樣當嘸下鮮美的湯汁和華貴的食材後，反而凸顯了泡椒的香辣酸爽，和黃辣丁細緻嫩滑的肉質，營造出齒頰留香的印象。果然，評審講評時肯定了江岸選擇食材的大膽，以及企圖保留庶民記憶中的味道的用心，江岸以四票對三票贏得了比賽。

「小江師傅，您有什麼話要對父親說嗎？」

「爸爸……」

「等等，別急，當面說更好。」主持人轉身說：「我們製作單位特別邀請了江爸爸來到現場。」

江岸愣住了，回身看到父親走了出來，穿著一件淺灰色的夾克，深灰色的西褲，連同腳上鋥亮的黑皮鞋，約莫整身都是為了上節目新治辦的。老江渾身不自在，拘手拘腳讓主持人迎到台前。主持人將麥克風伸到老江面前問：「江爸爸有什麼要對兒子說的？」

「好好幹。」

「簡單有力，卻充滿了一個父親對兒子的期望。」主持人轉過來又把麥克風伸到江岸面前。江岸說：「您永遠是我爸爸，唯一的爸爸。」

「瞧這小伙子高興得語無倫次了。」不明就裡的主持人打趣道。

江岸抱住了父親，他已經比父親高出了一個頭，他寧願相信是因為從小吃魚，營養足的緣故。

S城雖然不像江岸成長的江邊那般翠青溶溶，彷彿暈漬的水彩畫那般顏色清新柔和，但是在江岸反覆地勸說，師傅和小唐一旁幫腔下，老江終於還是答應搬來S城和江岸一起住。沒魚可打的老江，晨起後時常拎著一支釣竿到貫穿城市的河邊釣魚，釣起的魚太小了，就丟回河裡，有那比手掌大些的，和蔥薑一起燒正好下酒。從小江岸跟著父親在江邊討生活，如今老江跟著兒子在城市裡討生活，S城有數不清的大小餐館，老江都記不住，但是兒子燒菜掌勺的那一家，他只去了一次，就一輩子不忘。

她，一個人在島上

她原也是敢於追夢的人，
到後來才明白，
不是誰都能當主角，
即使在自己的人生裡。

在島上住了許多年，她才開始自己煲湯，首先她去買了一隻砂鍋，那種什麼都還沒往裡放，就已經讓人覺得沉重的砂鍋，她在街市用粵語詢問買鍋，小店老闆取下架上的鍋，說，這鍋不僅煲湯好，煮白粥也特別香。她付了錢，拎著沉甸甸的鍋，心裡想這是融入這座島的一種途徑嗎？

多年前她移居香港，當時她首要解決的第一件事，是她需要一個住處。那是二〇〇一年，她應聘進了一家廣告公司。每天下班後，她就到仲介那看資料，看了四個晚上，一整個週末，她找到了一間室內勉強達到二百尺的房子，隔成一房一廳一廚一衛，拼在一起的四個長方形，每一個都狹小，最大的就是連接其餘三個長方形用作客廳的那一方。客廳裡只放了一組二人沙發，一張茶几，電視櫃，因為狹小，有了童話的感覺，房東聰明地運用視覺印象，米白粉牆米白沙發米白電視櫃，透明茶几，減輕了空間緊迫的壓力。搬進去之後，她才發現連一個人獨自在家都會因為空間狹隘不小心東撞西撞的房子，其他只比她的大了四分之一的單位，便住了三個甚至四個人。

島上的擁擠，比她以為的更甚。

而擁擠的空間，益發容易形成緊張的人際關係。還沒弄清周遭環境，聘用她的廣告公司突然就宣告結束，一年房屋租約才過了半年，如果她此時打道回府，也必須依約付完接下來半年的房租，於是她決定留下來繼續試試，好歹曾經是自己的一個夢。

失業的她連粵語都不會說，平日去超市，她盡量不開口，那幾年很多大陸孕婦為了孩子生下來有香港身分，不會受到大陸人口政策的限制，因為超生而遭到處罰，紛紛湧到香港生孩子，不但香港的房屋租金連帶上漲，更讓香港人不快的是醫院的床位不夠分配，被大陸孕婦占了去，影響了本地人的權益。香港人於是用一種異樣眼光看大陸女人，尤其是像她這樣二十多歲的女人，所以她盡量不開口，以避免不友善的眼光。

一天，超市收銀員照例使用粵語問她有沒有八達通積分，要不要購物袋等，一般她都會搖頭，表示沒有以及不需要，那天因為出神想著一件事，便沒有回應，多次為她結帳的收銀員，突然說了句抱歉後，開始比手語，她恍然明白收銀員以為眼前這個沉默的女人是一名聽障者。因為看不懂手語，她只好以普通話作答，收銀員更尷尬了，再度向她致歉，前一次致歉是為忽略了她聽不見，這一次致歉則是為誤以為她聽不見，哪一個比較失禮呢？她默默想著。

她依然沉默，沉默地在茶餐廳以手指在餐單上點菜，像也斯小說《後殖民食物與愛情》裡描寫的外地人，只學會了小巴上喊：有落。

她會這樣就啞了嗎？

後來她發現，超市的收銀員許多是住在附近的主婦，利用家務之餘打工賺一點生活貼補，她們的工作並非全職。茶餐廳裡的工作相對辛苦，工時也長，當然待遇高些。於是，她留意起這些區別在那些女人身上留下的印記，超市收銀員皮膚細嫩些，茶餐廳服務生大多嘴角緊抿眼尾下垂，超市收銀員悠緩些，茶餐廳服務生動作緊湊甚至略顯粗魯，相同之處是，她們看起來都難掩疲倦。

失業一個月後，她發現不會粵語很難找到符合自己期望的工作，為了留在島上，她開始教孩子畫畫。這島上的生活挺累人，沒課的時候她在家煮碗麵就湊合了一頓，有課的時候則在樓下的茶餐廳草草解決，十幾家小館開始時輪著吃，不知不覺總去其中兩家，一方面因為口味，一方面也因為相較其他家餐廳比較安靜，就這樣她意外發現茶餐廳裡一個服務生和她有著相同的名字——采薇。

吃飯吃了不知多少餐，偶爾也和茶餐廳裡的人說幾句，沒到聊天的地步，因為只她一個說普通話，其他客人服務生廚師通通都說粵語。她問采薇：你的名字是誰取的？

「我媽，我本來叫作美嫦，嫦娥的嫦，我爺爺取的，我爺爺過世後，我爸媽也離婚了，我跟我媽。那一年我初中畢業，我媽說美嫦不好聽，她不喜歡這個名字，剛好我媽看了一部電影，女主角叫作雨薇，她最喜歡的電影明星是楊采妮，那時候楊采妮剛出道，所以她就給我取名采薇。她說采薇比采妮好，踩一腳泥，多辛苦。」

「采妮的妮是女字旁的妮，意思是女孩，不是泥土的泥。」

采薇看了她一眼，有一絲不耐煩，不明白她說這些有什麼意思。於是她把另一串已經到嘴邊的話又嚥了下去，她差點說：「采薇采薇，薇亦作止。曰歸曰歸，歲亦莫止。這是詩經中的句子，我們的名字出自詩經，你不知道嗎？」如果說了，采薇更要不耐煩了。

「你和別人一樣叫我阿薇吧。」采薇說，算是結束了這一個關於名字的話題。

她點點頭，阿薇喊她沈老師，因為她在附近的兒童才藝中心教兒童繪畫，她是名校美術系的畢業生，在學校的時候很多老師看好她，她卻覺得純藝術的路太難走，當年想盡辦法來香港工作，她認為廣告這一行時髦待遇好，她看過一些美國電視劇，她嚮往那樣的生活，沒想到原以為可以如願展開自己勾繪的理想生活，就連這假象也只持續了半年。並非她不希望當畫家，她只是害怕畫賣不出去時的狼狽困頓，她想擁有光鮮的生活，漂亮的餐具高級的保養品精緻的食物優雅的服飾。雖然那時許多跨國廣告公司都已經為了爭取中國市場將分公司設在北京或上海，她卻還是一心想到香港，公司結束以後，找工作很不順利，她身上的錢有限，為了生活，她只好開始教兒童繪畫，但是學畫的孩子不多，後來為了多上幾堂課，她連普通話也教。

她將黃豆洗淨，然後泡進水裡，從冰箱取出胡蘿蔔削皮切塊，這在香港叫作甘筍，香港很多蔬菜名和大陸不同，好比包心菜叫椰菜，小細節往往透露的訊息比你以為得更多，光是從怎麼稱呼這些蔬菜，已經透露說話的人來自哪裡。而這一款香港人口中的椰菜，台灣人則說是高麗菜。

和她同班畢業的同學有的去了畫廊，有的去了出版社，也有幾個在市郊租了畫室專心畫畫，雖然窮得啃大餅喝涼水，卻活得比她驕傲。他們寫信給她，說：還有空的倉庫，租金很便宜，不如回來吧。還說：常有藝術經紀去看畫，二十一世紀是中國人的世紀，哪天咱的畫也會在蘇富比拍賣，香港沒啥好待的，那麼小的一塊地，腿腳都伸不開。她在電腦上讀著他們寫給她的信，不是沒有猶豫過，一開始沒回去，是因為總覺得能在香港掙到自己想要的生活，後來沒有回去，則是發現自己回不去了，其間心情轉折變化不足以對外人道。這些年每天下午在才藝中心教孩子，說是兒童藝術，其實許多父母只是找個地方放孩子，因為上班沒空，菲傭接接送送，多數孩子完全沒天分，也沒興趣，她的時間虛擲於此，已經離創作愈來愈遠。她不敢讓人知道自己在香港做什麼，她完全沒過上自己想要的生活，每天吃茶餐廳，在深水埗買廉價的衣服。

才藝中心的課集中在下午和週末，每天上午她都在閒散中度過，睡到自然醒，然後去粥店喝一碗粥，有時也吃腸粉或豉油皇炒麵，回來的路上到地鐵站附近拿免費的派報，《頭條日報》《都市日報》《晴報》，然後回家泡杯咖啡慢慢看，中午隨便下碗麵吃，兩點去才藝中心，七點等最後一個小朋友被家長接走後離開，去茶餐廳點個餐，茶餐廳的好處是選擇多，可以連著吃許久不重複，而且一個人用餐不奇怪，遂成為她日久天長的選擇。

地鐵站外發送的免費報上，她也看過采薇這名字，是一個港劇演員，但聽說那是藝名，三個人，同一個名字，但顯然命運有異。茶餐廳的阿薇年歲比她略長，有兩個孩子，一兒一女，她辛苦工作是為了孩子，她丈夫在建築工地打工，賣力氣的活，但聽說掙得不少，夫妻倆希望供孩子大學畢業，然後一起開家小店，阿薇說：「工地的工作做不長，年紀大了做不動的。」阿薇每天洗菜端盤子，辛苦但是有值得期待的未來，不像她孑然一身。

至於女明星韓采薇看起來很年輕，約莫二十二、三歲吧，出道一年，已經演到了女二號。這一天她在免費派送的報紙上看到韓采薇被狗仔跟拍的照片，照片裡她和一個年近四十的男人十分親密，記者說男人有太太的，韓采薇成了不倫戀裡的小三。晚上，她到茶餐廳點了一客檸檬蒸烏頭，隨菜附一碗飯和例湯，今天的例湯是合掌瓜燉瘦肉，阿薇和她說，她多盛了幾塊瓜給她，茶餐廳雖然一切簡陋，但是用的米不錯，有股獨特的香氣，大約是廣東米好吃，比她讀大學時在學校食堂吃的好許多。

她和阿薇說起報上的八卦新聞，那一會兒店裡比較空，阿薇說：「仗著自己年輕漂亮就勾引別人老公，這種女人撲街啦。」

「那個男人呢？」

「更可惡，吃屎去吧。」

她專心吃魚，都是別人的生活，她的日子簡單貧乏。

後來看到鍾夢婷的文章：茶餐廳的低消費，以它寬裕的溫柔包納了社會上的失敗者，它的門檻很低，誰都可以向它討溫柔。那是一篇書評，評論的小說中描寫：「鹹蝦燦在九七前夕撈得風生水起，在草地滾球會吃印度咖哩飯，後來事業走下坡，才淪落到茶餐廳晚晚叫招牌三寶飯。不單是他，茶餐廳也成為了各方失意人士的集中地，繼有民運人士白頭莫、橋王秦老爺、食神黃毛、史文泰斯文大醫生、失意炒家梁錦松、靚女露比和代客泊車的大華。由是，茶餐廳彷彿成了香港低潮時的最後一個希望，連鹹蝦燦也禁不住說：『有得做，如果茶餐廳都死，香港真係玩完。』」她的心裡一陣淒涼，是啊，她也是一個被包容的失敗者，一個來自遙遠異鄉的逐夢失敗者是不是更令人難堪。

茶餐廳之外，她有時也去吃點別的，四川酸辣粉泰國金邊粉越南牛肉湯河之類。不過在看到這篇文章前，招牌三寶飯似乎是她最常吃的，叉燒燒鴨油雞，還有一個蛋，本來覺得挺豐富，被這文章一說，卻覺得寒酸，再吃時心裡也有一點淒涼。

甘筍堆在菜板上，她又從冰箱拿出一根玉米，應該切成四、五段，但是實在難切，她用力從中間切成兩段，決定湊合著吃，念頭一起，她的心微微一蹙，什麼時候開始？在她的生活裡有愈來愈多的時候她是這樣想的，湊合能用就好，湊合著過得去便行。

她念大學的時候，學校附近開了一家茶餐廳，那時茶餐廳在內地是時髦的玩意，她和同學一起去吃，一份餐要十八元，是蓋澆飯的兩倍。她們是抱著一種開洋葷的心情去的，她看著菜單上油雞飯燒鴨飯叉燒飯猶豫不決，服務生建議，那就要三寶飯吧，三樣都能吃到，三寶飯於她是美好的記憶，還曾經有個男孩為了請她吃一次茶餐廳，連吃了三天饅頭就榨菜，好挪出四十元。沒想到在香港書評者眼中如此不堪，她大約就是那時起有了來香港的念頭，如今細想，她在香港的生活確實狼狽難堪。

在香港六年，還是沒能過上原本在心目中勾繪雜誌畫報上精緻繽紛的生活，省吃儉用勉強存了夠付頭期款的錢，便立刻買了兩房一廳，爸媽逢人假裝不經意透露女兒在香港置產了，其實是滿心高興深怕別人不知道。看爸媽這樣，她更不敢叫爸媽來玩了，所謂的兩室一廳，加起來和爸媽家的客廳差不多大，身高一米八的爸爸若是來了，在屋裡連步子都邁不開，而她為了付房貸，即使下大雨，也捨不得坐計程車。有一回她硬是撐著傘走到教室，長褲全淋濕了，教室的空調凍得她直哆嗦，下課回家就感冒了，頭痛鼻塞自己煮麵時多加了些薑，趁熱喝下，猛打了幾個噴嚏，眼淚鼻涕一起氾濫，真的是心酸。

自己的選擇，誰也怨不了，她不知道和自己說了多少次，到後來，就連夜裡突然醒來，首先浮上腦際的也常是這一句。

二〇〇七年，蘇富比春季拍賣會在紐約舉行，中國畫家張曉剛的《血緣系列：三個同志》以二百一十一萬兩千美元的價格成交，岳敏君的《金魚》、冷軍的《五角星》也都拍出超過百萬美元的高價。她看著新聞，說不出心中是什麼滋味，雖然能夠賣出高價的藝術家依然是少數，但是中國當代藝術市場的熱絡委實不是當年她執意來香港工作時所能預想到的，她那幾個窩在市郊畫室畫畫的同學，聽說有兩個簽了經紀約，還開過畫展，再不濟的也參加過聯展。

看到報上的新聞時她正在等著領香港永久居民身分證，那一張小小的卡片被她放進手袋裡，她走出大樓，投入告士打道快速移動的人陣中，打消了原本在灣仔三六九吃籠小籠包算是慶祝的想法，這樣的慶祝根本不能算慶祝，一籠小籠包一碗酸辣湯，太寒磣了不說，又有什麼可慶祝的？

當她可以用粵語和人簡單聊天時，她發現自己的生活裡根本沒有可以和她聊天的人。她意識到這就是她在島上的處境，剛來的那兩年，她總想買了房子，不必付高額的房租，生活就會容易些；懂得說粵語，生活圈就會擴大些，離自己想要的目標也會近一些，而其實，都還是很遙遠，唯一不那麼尖銳刺著她的，是她自己撒手放掉了夢想。

女明星韓采薇被爆不倫之戀後，八卦新聞又說是她自己放消息給狗仔，因為想要炒新聞，順便逼男友離婚，沒想到男友老婆原諒了老公，兩人手拖手出國曬恩愛，韓采薇還因為負面形象遭廣告商撤換，即將開拍的新戲也傳出可能換角。報上說她偷雞不著蝕把米，事與願違，機關算盡也沒用，她收起報紙，心裡替有著同名緣分的女星煩惱接下來該怎麼走？晚上去茶餐廳吃涼瓜斑腩，才發現另一個采薇也正苦惱。

阿薇的大兒子沒考上大學，阿薇有些失望，她兒子說不想讀了，想出來打工，阿薇堅持他明年再考，阿薇說：「不能讓孩子和我一樣沒出息。」重考一年還是沒考上，阿薇先是覺得孩子不懂她的苦心，繼而在兒子的口袋裡發現小藥丸，才知道沒考上大學不是她眼前最需要煩惱的。

三個采薇的人生，似乎都走了樣。

湯裡還需要一樣東西提鮮，她發現洋蔥是煲湯的好材料，煮久了既甜也香，剝去洋蔥的外皮，她像切柳丁一般切洋蔥，唯一的缺點是洋蔥總讓人流淚，但是她願意享受這樣的流淚，適度發洩，不讓心酸塞滿胸臆，悄悄地，不動聲色地，讓淚滑下臉頰，不必給自己理由，不必思索解釋。

時間依然朝前推演，她在島上卻處於停滯狀態，只有年歲一載一載老去，事業無成，就連感情也乏善可陳，一開始還有人追求她，只是她不願意接受，如今連她看不上眼的人也不再圍繞她身邊轉了，她猛然意識到自己已經三十四歲，人生是怎麼走到如今這一步？爸媽從催她結婚，催她回家，到不再提這話題，是不忍讓她不自在吧！他們不知道她在香港的狼狽，還以為她是出入大樓的白領麗人，如今應該是中層主管了。到香港後，她只回去過三次，每次都省錢給媽媽買昂貴的保養品，給爸爸買國外進口的保健品，給弟弟買最新款平板電腦，不是因為她顧家，是她實在拉不下臉讓他們發現她真實的境況。

那一陣先是因為內地人去香港買奶粉、買手機，弄得什麼都漲價，接著又因為香港人爭取普選發起占中運動，內地人香港人關係尷尬，其實她不在意香港是否普選，她也不贊成內地人老是往已經夠擁擠的香港買這買那，她在屈臣氏看過一款乳霜買了二十罐的人，果然一開口是內地人。而她，已經在香港超過十年，有房子有工作，有永久居民身分，她究竟是哪裡人？在香港人眼中，還是內地人。

阿薇的兒子重考一年，非但沒有考上，還因為毒品被送進勒戒所，還好他沒參與賣毒，應該很快可以出來，阿薇從初時備受打擊的驚愕情緒中逐漸平復，說：「就當收心，見不到那些朋友，也許還能讀些書。」至於韓采薇先是息影了兩年，不久前大張旗鼓復出，依然明豔照人，不過演的已經是女主角的後母了，她始終沒能從女二號坐上女一號的位置。

她有些看清楚了，不是誰都能當主角的，即使在自己的人生裡。

一天，她有事去中環，看見一家畫廊外鮮花錦簇，畫廊的海報上是她熟悉的名字——劉韜，霎時間她不知道自己該跨進畫廊尋找昔日老同學，還是立刻轉身離去以免被看出落魄窘態，還來不及反應，劉韜已經從人群中閃出，就站在她身邊，掏出菸，打火機亮出火光，他深吸一口，吐出，然後轉頭看到了她，他高興地大喊：「沈采薇，天哪，你來看我的畫展，太感動了，你怎麼知道我在這辦畫展，誰告訴你的？還是報紙報導了？」

她不知做何反應，只能勉強笑道：「十幾年沒見，你沒怎麼變。」

「你先隨便看看我的畫，給我點意見，開幕酒會，我得應酬應酬。」說到應酬，他刻意壓低了聲音，「明天你有空嗎？我請你吃午飯，我們好好聊聊。」

「當然，老同學來，再忙也要抽出時間，只是怎麼能讓你請客，我請。」她硬著頭皮說。

「咱們老同學，別整那虛的。」劉韜從口袋裡掏出一張名片，是維多利亞港邊的一家高級酒店，湊近她耳邊說：「畫廊給訂的，吃飯也是簽單。」

她接過名片，劉韜將她拉入畫廊：「你隨便看，明天中午十二點，我們大堂見。」

她在狹小的畫廊裡側著身子行走，避免撞到人，午後四點，她慶幸自己今天牛仔褲搭配民族風罩衫的穿著，只顯得隨意，有人還會解釋為風格。她從檯子上拿了一杯香檳，盡量讓自己不顯得不自在，彷彿她時常出現在這樣的場合。看著劉韜的畫，年輕的記憶逐漸回來，她原也是有夢想敢於追夢的人哪，巨幅油畫裡色彩紛呈，劉韜的油畫有中國水墨的氣質，又有敦煌飛天的神韻，外國買家喜歡的吧。

離開畫廊後，她立刻去店裡想挑一款高雅的連身裙，為了明天中午的約會，香檳在她的身體裡發揮作用，她有一點暈，她一件件檢視架上的衣服，想起以前聽人說有人為了參加同學會去做電波拉皮注射肉毒桿菌，當時還覺得誇張，如今卻明白了這樣的心情。雖然平日捨不得花兩千塊港幣買條裙子，實在每天對著手上沾滿顏料的小孩，她也沒有打扮自己的心思，但是這會兒，這錢卻得花。劉韜回去不知道會和誰說遇到了沈采薇，而畢業十幾年如今定居香港的沈采薇在久不相見的同學心目中會有什麼樣的印象，明天劉韜看見的她是什麼模樣自然分外重要。

翌日中午，她準時赴約，等了五分鐘，劉韜才從電梯出來，拉著她說：「我們吃潮州菜，好嗎？我吃不慣西餐。」

她隨他又進了電梯，來到樓上餐廳，有大片落地海景，人不多，服務生帶他們到窗邊，問他們喝什麼茶？劉韜選了壽眉，服務生轉身一走，他就誇張地念起詩句：「我有一所房子，面朝大海，春暖花開。從明天起，和每一個親人通信，告訴他們我的幸福。」是海子的詩，大學時他們常念。寫這首詩的海子，最終卻以臥軌結束了自己的生命。

「你怎麼不和同學聯繫，微信圈裡一直沒見你。」

「我沒用微信。」

「別把自己弄得太忙，得悠著點。」

「我最近不忙，離開了外企，改教畫。」

「真的？教什麼樣的人？在大學開課嗎？」

「不是，教孩子，不是說要從娃娃抓起，藝術也是這樣。」她昨晚想了許久，決定釋放出一點真實訊息，這樣反而不容易被戳破，全是謊言不容易圓，萬一他說要去公司看看，就難以推拖。

「有道理，你可以回來發展，現在只要和孩子有關，都能賺錢。」

她不置可否，她當初就是為了眼下這樣的場景才來香港的，寬闊晴朗的海景，細緻優雅的餐具，剪裁合度的衣裙，她感慨地喝了一口茶。劉韜又為她添上，問：「齊平離婚了，你知道嗎？」

她搖搖頭，齊平，好遙遠又好孰悉的名字，他們大學談了四年戀愛，為了她執意來香港才分的手。三年後，她從同學那裡聽說他結婚了，從此沒有消息。

「看來你真沒和同學來往。」劉韜搖搖頭說：「當初你們多相配，現在他離了，你呢？昨天忘了問，你在香港嫁人了嗎？」

「沒有，我倒想嫁，總遇不到合適的。」

「可能是你們的緣分沒盡，我覺得齊平一直沒忘記你，他離婚那天找我出去喝酒，還說起你。」

「說我什麼？」

「不知道你過得怎樣唄。」

她夾了一塊烤乳豬，心裡浮現關於茶餐廳三寶飯的文字，還有當年請她去學校附近茶餐廳吃三寶飯的齊平，香港的十三年有值得記憶的地方嗎？這塊烤乳豬嚼在口裡，果然比三寶飯好吃嗎？劉韜邊吃邊和她說起這次畫展，算是試水溫，畫廊計畫明年要在歐洲舉辦展覽，他準備了四十幅畫，他說齊平也不畫了，回到大學教書，記得葛文風嗎？她點點頭，劉韜說：「葛文風的畫現在值錢，都賣到幾十萬人民幣了。」

「藝術這事很難說。」她淡淡地說，怕自己心思起伏，怕老同學看出失落。

「人生這事也難說，區蕙蕙死了，癌症，多健康的一個女孩，藝術系裡少見愛運動正常作息飲食的人，竟然得了癌症，前年走了。」

「天啊，我都不知道。」

「回來看看吧，時間訂了就給我電話，我把在西安的同學約約。」吃完飯，劉韜送她到酒店門口時說。

她走入人潮，沒有回頭，心裡卻波濤起伏，要回去嗎？她問自己，在香港十三年，除了擁有一層三百多尺的小單位，她什麼都沒有，繼續留在這，人生大概就是這樣了，房子賣了，也許可以回去做點想做的事。但是，也等於承認自己這十三年一事無成，她還是覺得沒面子，轉念又想，回去，雖然之前的十三年一事無成，只要認了，接下來可能成就另一番事業啊，她才三十四歲，還有機會。

一路輾轉，走過人潮綿延的長路，始終下不了決定。

傍晚，她又來到茶餐廳，發現茶餐廳沒開，門上貼著東主有事，今日休息，一連幾天，都是如此，她問隔壁的超市，說是沒聽說。一個星期後，終於恢復了營業，她又去點了檸檬蒸烏頭，阿薇說，今天沒有，建議她吃滑蛋牛肉飯，她隱約覺得阿薇話裡有話，便依她建議點滑蛋牛肉飯，味道和以前不一樣，難道是換廚師了。幾日後，她在街口遇到阿薇，原來之前的廚師是惠州人，自己回惠州當老闆開館子了，阿薇說，新來的廚師是老闆臨時找的，許多菜不會做。

「那你的工作還是一樣？」她問。

「一樣打工囉，只要有錢領，沒什麼不同，打工仔是這樣。」

回到住處，打開電視，正好是韓采薇出演的電視劇，銷聲匿跡一段時間，她的演技倒是進步了，雖然演的是女主角的後母，戲分卻和女主角相當，且更加搶眼，看來女一號沒做成，別人的老公也沒搶成，但她還是絕處逢生，說不定路還比過去更寬呢。

人生會在何時轉彎，雖然你不知道，但是並非選擇了一條路，就只能義無反顧往下走。

鍋裡的水沸騰了，她將市場買來的雞骨架洗淨汆燙，這是湯的底味，阿薇教她的，然後她將雞骨架、泡過水的黃豆和菜板上靜置的胡蘿蔔玉米洋蔥全都放進注了半鍋水的砂鍋裡，再放進些海帶，打開爐子，爐火慢慢催熟，一個半小時後便能喝了。

她靜靜坐在沙發上，看見陽光從臥房一路探向客廳，在淺灰色地磚上亮晃晃反光回蕩，她喝著已經放涼了的茶，想起幾天前老同學念的詩，詩的一開始是：從明天起，做一個幸福的人。為什麼大家更記得，詩裡說，我有一所房子，面朝大海，春暖花開。

做一個幸福的人，這才是最重要的，有沒有房子，是不是面朝大海，是不是春暖花開，都比不上心裡踏實。

追夢十三年，除了出發前，她沒有真正感到幸福過，一開始還有出發前想像中期盼裡的幸福支撐她，讓她以為堅持下去總會有幸福，原來都是錯覺，她早就放棄了幸福，她不敢相信，是她自己放棄了，因為，夢不應該是雜誌畫報的圖樣。

但她至少來過了。

她拿出畫紙，重新開始畫畫，她畫了一座小島，長著一雙翅膀，擁有翅膀的島，如鳥一般飛翔在天際；或者是壓抑了許久，一開始畫就停不住，她又畫了一組咖啡杯，飄在描金細瓷的淺碟子上，如同島飄在波濤碧藍的海面上；一張桌子，罩在繡花精雅的桌巾底下，桌子也飄浮在空中，桌巾便是它的翅膀，揚起的一角，彷彿可以看到桌面玻璃墊下還壓著一片鮮豔卻乾枯的銀杏葉。沒課的時候，她幾乎把所有的時間用在畫畫上，有沒有人會欣賞這些畫？甚至有沒有人會看到這些畫？她都不去想，重新開始畫畫後，她的心裡不再空落落的，這才重要。

黃豆海帶甘筍玉米湯，好吃又營養，湯渣能吃飽，煲湯的材料價格低廉，除了雞骨架需要新鮮，其餘都是冰箱裡常備食材。她默默喝著碗裡的湯，生活並不難，原是她自己沒掌握好，結果在期望與現實間走岔了。

她本來就是抱有目的才來香港的，又何必費心假裝不是，反而自己日漸偏離了夢想，仍然躑躅不前，她怎麼沒想明白，總覺得自己回不了頭，回去，有時是另一種遷移。

韓采薇因為出演後母一角，入圍最佳女配角。

阿薇的大兒子勒戒期間總算複習了功課，阿薇和老公決定讓他報考內地的大學，兒子也答應了，徹底斷絕之前沾染上的惡習。

她小小的房子裡堆的到處是畫，再畫下去，這房子就要無處落腳了，她終於回覆了同學的 e-mail，問：現在還有畫室租嗎？

打包行李的時候，她一件一件檢視房子裡的物件，哪些要帶，哪些要扔，都是這些年的痕跡，原來仍是有許多值得記取，並非她以為的一片空白。她將見劉韜時買的連身裙放進箱子，不是因為那是她在島上買的最昂貴的一件衣服，而是因為那是一個契機，是她畫中飄浮的翅膀。剛闔上箱子，電視上一片掌聲，是韓采薇，她終於獲得最佳女配角獎，即使情路不順，她依然美麗，她落落大方地說：「感謝大家願意給我這個機會。」在別人給她機會的同時，韓采薇，也給了自己機會。

而她，沈采薇，現在可以告訴自己，從明天起，做一個幸福的人。

幸福也許不是你原來想像的那樣，但是，只要不放棄，那依然是幸福。

鯨第一次呼吸

說不定當第一頭鯨重返水域，
以陸地上的肺在廣漠深深的
湛藍中生活時，
已經注定日後會在地球出現的
人類內心將有諸多糾結。

母鯨生產時會快速游動，有時還會躍出水面，反覆數次後，幼鯨便出生了。鯨一胎通常只生一個寶寶，鯨是靠肺呼吸，雖然在水中生活但沒有鰓，所以鯨寶寶出生後要盡快浮出水面，才能呼吸第一口空氣，鯨寶寶如果無法靠自己完成，母鯨會用尾鰭將寶寶托出水面，讓幼鯨呼吸。

翔熙在電視上看到《奧妙的自然》播出這一段畫面時，奶奶正在給他煎蛋餅當早餐，他腦裡浮現剛出生的鯨寶寶，沒法浮出水面的幼鯨說不定會淹死，相較之下，人類的第一口呼吸要容易多了，只需要放聲大哭，那些不肯自己哭的，便會挨打。

鯨的乳房

他想起六個月前，也是在吃早餐時，不過不是在家裡，是在早餐店，他看到報紙上的報導：母鯨肚子下面有兩個乳房，幼鯨餓了會用嘴摩擦媽媽的乳房，母鯨會將乳汁噴進幼鯨的嘴裡。兩個乳房？所以鯨和人類一樣是兩個乳頭，而不是像貓或狗那樣，有多個乳頭。那時他還有工作，週六上午在住處樓下的早餐店，蛋餅送來了，他在上面澆了一點辣醬，用筷子夾起蛋餅時，他發現老闆忘了在蛋餅裡包德式香腸，所以他待會兒付錢時要記得沒有德式香腸的蛋餅少十元。

那時他陷於焦慮已經一個星期了，其實這座島上的許多人陷於焦慮比他更久，如果他們知道接下來的發展，他們會發現當時的焦慮完全沒有必要，只是既然沒法知道，也就只能任焦慮持續。其他人的焦慮對翔熙沒有直接影響，但是翔熙奶奶的焦慮有，翔熙小學一年級時離婚兩年的父母分別再婚，於是他被送去了奶奶家，他是前一次婚姻的衍生物，在兩段新關係中都是多出來的，他們分別又生下弟弟妹妹，大家很少想起他。和奶奶一起生活原也不算差，但是奶奶年紀大了，在異地工作的他無力接奶奶來一起生活，他的父親又因為妻子和奶奶有嫌隙，鮮少往來，奶奶幾乎可算是獨居老人，令他壓力倍增。

新的焦慮起因是選舉，這又是人類搞出來另一項讓人困擾到幾乎喘不過氣的麻煩，選舉前他出了一趟差，忘了買回家投票的機票，於是他想這回就不投票了。對奶奶而言，不回家投票，一方面讓她憂慮她支持的候選人會不會因此落選？為什麼別人都盡責的回來投票，連旅居國外的人都回來了，而他只要搭一小時飛機即可返鄉，卻如此缺乏社會責任，沒有投下這重要的一票；另一方面則是他沒回家投票，也意味著他沒回家陪奶奶，奶奶經常告訴他，誰誰誰天天和家人住一起，誰誰誰的孩子為了照顧他特意換了工作。翔熙吃著蛋餅，暗忖怎麼做能減少一點負疚感？買些營養品寄回去？或者面膜？七十幾歲的奶奶也是愛漂亮的，上次他回家，奶奶還抱怨臉上的老人斑愈來愈明顯，島上日照強，想要白皙無斑真的很難，和世上許多無解的事一樣，企圖扭轉只是徒增困擾。

從早餐店出來，巷弄裡許多正要前往投票所投票的人從他身邊經過，他覺得自己背叛了大家，幾乎無地自容，他怎麼會忘了訂票，也許是他錯估了別人的責任心。但一切都來不及了，五個小時後投票就結束了，他還在戶籍地數百公里外瞎晃蕩，他安慰自己，等開完票，只要奶奶支持的候選人當選了，他的焦慮就可以放下了，可是萬一要是沒當選呢？且這並不是萬一，此次選情是五五波啊。五五波是最後這幾日的情勢，一個多月前，奶奶支持的候選人民調遠遠超前，所以他才會漫不經心忘了訂票，誰曉得情勢突然翻轉，這座島上什麼事都說不準。

因為愧疚，他有時忍不住希望同父異母的弟弟妹妹能為奶奶盡點心，但是父親再婚後與家裡來往不多，繼母基本上是不回來，弟弟妹妹也就難有如人意的表現。

翔熙不願意承認，他滯留異地還有一個原因，而這個原因令他更加內疚。就是大學時暗戀的學妹突然 Line 他，問他週五傍晚在台北嗎？想約他在敦化北路吃晚餐，畢業後他們偶爾聯繫，但已經大半年沒有見過，學妹漣儁在新竹工作，他想這是一個契機，先在台北晚餐，他會堅持買單，然後隔兩星期找個藉口去新竹，說想吃貢丸湯炒米粉，漣儁一定會回請，一來二去，說不定就發展成約會了。週五六點他們在餐廳見面，一坐下，漣儁就說她搭八點的飛機回花蓮，她原以為翔熙已經回戶籍地了，沒想到能一起吃飯聊聊，真好。漣儁問：「你搭明早的飛機回去嗎？」翔熙恨不得立刻消失，羞愧難當，他不敢承認自己不回去，就支吾著，將餐單放到漣儁面前，問：「吃什麼呢？白酒蛤蜊或茄汁海鮮義麵比較快，焗烤類的耗時，你還要趕飛機。」

翔熙其實隱隱意識到自己忘了訂票，是潛意識並不想回去，他逐漸對於家鄉感到有壓力，因為每次回去，所有的時間都待在奶奶的小樓。兩層樓的屋子，奶奶已經不上樓，樓上的房間維持多年前的模樣，而樓下的客廳餐廳則堆滿雜物，奶奶將餐桌推往一邊，然後在餐廳放了一張小床，衣服搭在餐椅上，平日常穿的也就是那幾件，多數衣服放在樓上衣櫥，和不存在一樣。吃飯就在客廳，邊看電視邊吃飯，他想帶奶奶出去走走，奶奶只對去菜市有興趣，但吸引奶奶的不是菜市賣的果蔬魚肉，而是帶翔熙去給大家看，別人會說：「孫子回來看你囉，真乖。」如果他想和以前的同學出去，奶奶就會一直追問，並且焦慮的等他回來。奶奶倒是願意他約同學來，可是同學來了，她又會說些讓人尷尬的話，好比有個同學是男同性戀，奶奶一直勸他，認為他弄錯了自己的情感取向；另有一個同學經營網店，奶奶總覺得他不務正業，有買空賣空之嫌，便勸他要腳踏實地。逐漸，翔熙回家不和同學聯繫，只在家，陪奶奶吃飯看電視，買些生活用品，除了從機場回家的那條路，他不去任何地方。

鯨的重返

電視新聞上說，二十至三十九歲的投票率最低，奶奶電話裡說隔壁鄰居的孫子，遠在美國都回來了，暗示他的不忠不孝，翔熙心裡懊惱，但又不可能游回去，他想起了從陸地重回水域的鯨。因為自責內疚而坐立不安的翔熙，又不甘願到機場試試看會不會搶到一張票，他拿起堆了半個月的髒衣服，決定去洗衣，衣服放入洗衣機，依序投入硬幣，加洗衣劑，啟動，然後他坐在椅子上滑手機，有人坐到了他旁邊，拿著一杯咖啡，突然說：「投完票了。」

天啊，連陌生人都要來揭穿他，他像是貝，軟弱的內裡被從殼中掀出了，沒好氣地說：「我的戶籍不在台北。」

中年男人瞧了他一眼，然後說：「所以不投喔！」

翔熙沒回答，男人說：「不盡人民義務囉。」

「我沒買到回去的票。」翔熙無力地辯解。

「我戶籍在台北，我也不投。」

翔熙有些摸不著頭腦，不知道男人的用意，男人喝盡最後一口咖啡，將杯子扔進垃圾桶，說：「四年選一次總統，選一次市長，二十年來十次選舉，我投票八次，投的人都落選，兩次我沒投票，心裡支持的人反而當選了。」

「所以今年你不投了。」

「我女兒懷疑我帶衰。」

翔熙不置可否，男人又說：「其實每年我們家投票都是白投，我和我老婆立場相左，兩個孩子一個只支持邊緣候選人，另一個上次首投，投的是廢票，所以去投的票都沒發揮作用。」

「那今年你不投，敵營贏一票。」

「不會，我趁我老婆還沒弄清哪天投票，幫她和她姊姊買了一個郵輪行程，所以敵營少兩票。」男人笑了：「幹，這島真有意思啊。選贏的開心，選輸的，票才開完立刻將期待放在下一次選舉。」

後來翔熙回想起這段對話，發現男人說的不對，夠積極的人不會把期待放在下一次選舉，而會發起罷免。

電視新聞上滿是與選舉有關的事件，竊盜通緝犯返鄉投票遭警察逮捕，翔熙想自己連通緝犯都不如，通緝犯甘冒風險也要盡公民義務。還有一名男子自己去錯了投票所，卻不滿地與警察發生衝突，結果遭到壓制。隨著投票結束時間的臨近，沒返鄉投票的焦慮略降，但是隨著開票時間愈來愈近，對於開票結果的焦慮油然而生，並且愈來愈沉重，他沒法做別的事，不管做什麼都讓他內疚，他開始後悔，就是到機場等候補似乎都好過這樣讓內疚煎熬著自己，但現在一切都來不及了。衣服在滾筒洗衣機裡隨著水流翻攪，脫水後一件一件拿出，放入烘乾機在溫熱的風裡載浮載沉，等他將乾淨的衣服拿回家，距離投票截止時間只剩一小時，這麼重要的民主活動進行的時候，他卻在做什麼時候都能做的事，他責罵自己，但是什麼都無法挽回。

衣服收進衣櫥，他只能打開電視看開票，怪的是這回開票沒懸念，兩個主要競爭候選人的票幾乎是等比例的增加，輸贏一直維持在百分之十左右，沒出現過忽高忽低的拉鋸，令人起疑。更怪的是原本民調高的候選人，也就是奶奶支持的候選人，竟然在開票過程中一直居劣勢。以前他曾聽在電視台工作的同學說，開票頭一個小時的票數根本沒意義，電視台只是根據民調編的，後面的票數才是真正中選會統計的數目，這一次卻如此一致，沒有故弄玄虛有高有低，以留住觀眾看開票？他心裡的疑惑很快便被敗選引發更大的自責掩蓋，翔熙坐立難安，開票的速度比想像中快，才六點多，新聞轉播的觀察專家已經認為大勢底定，翔熙遲疑著撥了奶奶的電話，想若無其事地問奶奶吃飯沒，卻被心情跌入谷底的奶奶搶白幾句後掛了電話。翔熙看著票數愈拉愈大，卻不能以即使他回去投票了也無法扭轉大局來安慰自己。

電視畫面先後出現各個候選人發表勝選感言、敗選感言，他竟然在敵營的候選人發表勝選感言的會場看到漣儁，鏡頭在她身上停了幾秒，新聞節目攝影師經常喜歡以鏡頭尋找捕捉會場清秀美麗的女子，或者是垂淚的支持者。翔熙意識到，原來他們並非同一陣線，怎麼以前他沒想過這個可能呢？以及這個可能會產生怎樣的影響？他默默喜歡漣儁四年了，一個總統任期呢，卻連這一點都沒發現。漣儁的政治傾向打擊著他，他想起週五與漣儁晚餐時，他已經深深背叛了奶奶。與此同時，他又想起週一上班，他若沒帶家鄉特產請同事品嘗，別人是否會發現他未返鄉投票？並因此在背後唾棄他，尤其是政治立場一致，原該以同志相挺的人，他的腦子飛快運轉，思索著在台北哪裡曾看過販售花生酥和牛肉乾，週日趕快先去買，這樣週一才能帶到公司掩人耳目。

來到陸地上的哺乳動物為什麼又回到水裡，至今仍是一個謎。翔熙想如果自己是一頭鯨，是不是煩惱就會少了些，也許鯨就是預見到了這一點，所以早早回到海裡，當然，也說不定變成鯨的他出生後根本沒來得及浮出水面呼吸，如果水生動物淹死在水中，是不是有些荒謬？現在的他確實以為自己快被混亂心緒淹沒。然而真正的淹沒還在後面，只是那時翔熙還不知道。

就如同漣儁的政治傾向和翔熙不同，會不會影響他追求她？翔熙根本來不及判斷，農曆年前，翔熙得到一個外派的工作機會，因為是外派，春節假期自然有些不同，初三赴任，還好他還可以陪奶奶吃年夜飯，迎接年初一。奶奶不斷問他，台北已經夠遠，為什麼還要去更遠的地方工作，他說外派賺得錢多，可以多存點錢，早些買房子接奶奶去台北；奶奶不以為然，不知是不信還是不想去台北，繼續追問為什麼要去更遠的地方，翔熙只好說，不接受外派，主管會留下不配合的印象，影響未來升遷，其實這也是實話。

草草收拾好一箱衣物，初二的機場人潮洶湧，飛了數小時，他剛到分公司完成報到，一個嶄新的病毒突然出現在世人眼前，透過飛機郵輪從遙遠的世界彼端開始傳播，速度之快令人來不及反應，就來到了眼前。他突然想起洗衣店遇到的男人，他太太搭乘的郵輪現在就出現在新聞上，郵輪日前出現病毒感染者，潛伏期有十四日，所以要再往前追溯尋找乘客。翔熙的腦裡浮現碧藍海面碩大豪華的郵輪，鯨從她旁邊游過，浮出呼吸，鯨眼中透露出的遲疑，天荒地老的古早，和人類同樣是兩個乳房的鯨已經選擇重回水域，而主宰了陸地的人卻還想徜徉大海，將痕跡踏遍生存的星球。

鯨的沉落

電視上政府官員宣導要戴口罩，但是商店根本買不到口罩，接著連衛生紙也遭搶購一空，弄不清傳染途徑不敢外出用餐，翔熙幾乎都以泡麵果腹。奶奶電話裡繼續抱怨他跑到遙遠他鄉，現在到處都有病毒怎麼辦？日常已經形同監禁，上班不敢搭電梯走樓梯，週末不敢逛商場悶在家，就連市場的水果都擔心前一個揀選的人是否在上面留下了病毒，雙手洗了一遍又一遍，報到後才上了兩星期班，分公司就改採線上工作，翔熙每天窩在剛剛租來連床單都來不及添置的小房間裡，睡覺時將毛衣捲起當枕頭，蓋著大外套，直到受不了，才冒險外出採購寢具，回來洗淨烘乾才算睡得好些。

他在社群網上放了附近公園照片，草草交代幾句現況，結果許多同學留言囑他小心病毒，漣儁也按了讚，這對他是一個鼓勵，尤其是在陌生異地，連同事都來不及認識，日復一日獨自在房間面對電腦處理公務，他大概已經三十天除了打電話給奶奶，沒說過一句話。網上某名校學者研究說安全的社交距離是八公尺，某知名企業家又說未來大家的生活方式都會被改變，難道指的就是人與人的距離？簡訊交流便可避開飛沫。

翔熙看著漣儁按了讚，發訊息給她叮囑：「疫情蔓延小心防範。」她回覆：「學長也要小心喔。」於是翔熙又發：「等疫情趨緩，歡迎來玩。」漣儁回：「好。」翔熙看著那個字，既興奮又溫暖，接下來的幾天，他每日都要看數遍與漣儁的對話，那是他唯一真心期盼的聯繫。美好卻只數日，他看見漣儁出現在別人的照片裡，甜美依偎，比漣儁高出一個頭的男孩側臉俯首親吻漣儁的頭頂，貼文寫著：「感謝有你，相識週年紀念。」翔熙狠狠摔落，邊喝啤酒邊勉強繼續線上工作，處理公務之餘只能玩玩電腦遊戲，他幾乎覺得人就長成電腦遊戲裡光怪陸離的模樣。

一天夜裡正睡著的他睜眼看見玻璃窗上出現一枚長方形貼紙，貼紙還透出光，疑惑中眼睛重調焦距，發現其實是對棟樓宇的窗，但是貼在了自己窗上，且貼在窗內而非窗外，他驚詫那扇窗裡的飛沫或已噴入自己房內，甚至自己臉上，於是醒來，對窗也迅速退回十公尺外原本的位置。翔熙不知道這樣的日子自己還能撐多久，先撐不住的分公司宣布下週開始放無薪假。此時他已無法返台，飛機停飛，要轉機三次，繞地球半圈才能返回，但是這中間轉機地還有不同的檢疫規定，他陷入比沒去投票更強烈的糾結，更要命的是除了心裡的糾結，還有著實質的生命威脅。他不斷在網上查機票，市區大眾運輸混亂，地鐵換巴士，終於拖著拉桿箱倉皇狼狽抵達機場，離開病毒正在靠近的城市，飛往他以為離家近一點的地方。卻不知道病毒比他先抵達，他降落時，已經封城，下一段航程也遭取消。

他無措地坐在機場，滑開手機，發現原本緊緊扼住許多人脖子的一場選舉結果，如今已經沒人在乎，有更緊迫的恐懼從眼眶鼻孔滲入黏膜組織，一路往腦蔓延。如果投票時大家已經預知不久之後會有這一場災難，當時大家是否會釋懷些？四億年前，一群肉鰭魚類游泳專用的胸鰭與腹鰭逐漸發達強壯，終於發展成能支撐身體重量的四肢雛形，於是牠們開始向陸地進軍，爬行動物後來又演化成鳥類和哺乳類。但是牠們當中有些記得水域提供豐富的食物，以及更容易遮蔽隱藏棲息，日夜交替、四季變化、溫度光線改變，水域都比陸域穩定，鯨豚又重新返回海洋，如果牠們能在四億年前就明白這不過是一趟虛妄的旅行，牠們還會登上陸域嗎？結果身體裡只能在陸地呼吸的肺迫使牠們必須一遍又一遍回到水面呼吸，說不定當第一頭鯨重返水域，以陸地上的肺在廣漠深深的湛藍中生活時，已經注定日後會在地球出現的人類內心將有諸多糾結。

他頹然坐在機場，身旁充斥他聽不懂的語言，不遠的前方有一對年輕的男女，即使病毒肆虐，他們依然愛得難分難離，相擁撫觸對方的臂和背，還嫌不夠，沒戴口罩的他們不時親吻對方的臉頰和嘴唇，不知道是愛得太濃，已不在乎瘟疫；還是兩人分屬不同國籍，病毒當前，必得分道揚鑣，所以此刻的道別有斷腕的悲壯。

他曾看過一則報導，關於一頭在太平洋出沒，發出不尋常五十二赫茲聲音的鯨，牠聲音的頻率比起任何已知的鯨物種都要高，藍鯨的頻率約十至三十九赫茲，長鬚鯨約二十赫茲，因此科學家認為牠的聲音一直無法被其他鯨接收得到，所以稱牠為「世界上最寂寞的鯨」。後來，有人在加州沿海找到發出相同高頻的鯨，兩具相距一段距離的感測器同時接收到訊號，顯示「五十二赫茲」只是暫時離開鯨群獨自游蕩。

孤單的翔熙心裡浮現暗灰色鯨游過深藍水域，機場的商店已經停止營業，翔熙不敢喝飲水機的水，他又累又渴又餓，連打電話給奶奶的勇氣都沒有。他被困在陌生的機場，並且不知這場封困何時可以結束，他已經夠難受，沒法再向奶奶說明自己的窘況，奶奶既無法理解更不願接受，她只會覺得如果他沒接受外派，甚至如果不久前的那場選舉有不一樣的結果，市場的發展趨勢便將有所不同，這樣複雜的經濟問題當然不是奶奶自己思考出來的，而是名嘴在電視上說的，翔熙也不會落入眼前一籌莫展的窘境。機場拿著各種不同護照的人，此時都茫然無措，而病毒不需要翻譯，病毒也不在乎簽證，只要地球上有人類，它們暢行無阻。

手機上流傳著各種訊息，不斷上升的感染人數，不斷增加的封閉城市，航班被取消，簽證被停發，沒法遨遊天際，沒法飄洋過海。翔熙在社群網站上看到一個畢業後前往英國留學的同學，疫情失控之際匆忙返台，經過長時間飛行抵台後確診。他曾經忌妒過他，家世好，人長得帥，成績並不比翔熙優秀，但是卻能去歐洲名校鍍金，不時看到他貼出參觀美術館教堂，品嘗法國菜奧地利甜點的照片。他忌妒他，還暗暗詛咒過他，但現在翔熙希望他安然度過這一關，繼續曬他唾手可得翔熙卻遙不可及的幸福。

圍裹星球的大氣層中超過一半的氧氣是水域浮游植物產生，而鯨的食物浮游動物則以浮游植物為生，如果世界上沒有鯨，浮游植物會大量減少，海洋生態失去平衡，人類也會滅亡，這個星球一環扣著一環，不論你是否發現，自然依舊以其規律運行。坐在陌生國度候機室的翔熙希望自己可以睡一下，醒來發現自己還在洗衣店，是滾筒裡的水聲和泡沫浮漲，洗劑和去靜電紙的氣味，熱風烘乾和衣袖摩擦的細碎聲響，讓他沉入夢境，在經緯度不明的所在，五十二赫茲找到了同伴，而他找到了回家的路。

然而，島上情勢繼續以出乎翔熙的想像往下發展，疫情逐漸趨緩，奶奶當時不支持卻當選了的候選人遭到罷免，罷免投票日竟然就是他派駐分公司召回大家恢復正常上班的日子。這回翔熙又陷入糾結，但是不算太久，他想起必須浮上水面呼吸的鯨，表皮略顯粗糙的身軀迴旋向上，海水的顏色逐漸變淡，因為光的緣故。他不會再讓自己沉溺在無法挽回的決定裡，他要回去投罷免票，不管那人當選後究竟發生了些什麼，他受夠了自己對自己的折磨，因為奶奶，這一回沒有任何事能阻攔他回去。

當鯨死去的瞬間，意味著無數生命的開始。鯨龐大的身體會沉入海底，牠的軀體在死亡後創造出一套完整的、可維持上百種無脊椎動物生存的生態系統，鯨在海裡生活數十年，死後又提供其他族群得以生活數十年，猶如深不見光的海底綠洲，生物學家將這個過程稱為「鯨落」。

正愁業務減少人員未減的分公司於是以翔熙未能準時到班為由，終止了工作合約，奶奶倒是挺開心，孫子這回終於在身邊陪她啦，翔熙不知道接下來的經濟衰退，他將繼續在奶奶家過著睡到自然醒的日子比他想像得更長。他沒想到的還有另一件事，當大家投下罷免票時，已經預示不久之後眾人又將面臨新的焦慮，幸運翻轉了上一次選舉結果的候選人不意味著能贏得下一次選舉，而病毒則繼續在地球漫遊及變異。

戴帽子的女孩

她的樂觀與自信是一種
與生俱來的保護機制，
就像是作噩夢時，
當令人驚懼的情節發展到
難以承擔之時，
便會醒過來一般……

「你這樣的行為是不被允許的。」

「我知道，我會改進的。」說完，絲珈的臉上浮現淡淡的不合時宜的笑意。

沈絲珈穿著及膝連衣裙，皺摺設計讓裙襬微微蓬起，是她最喜愛的式樣，一五六公分，五十六公斤，露出來的小腿顯得有些粗壯，兩條手臂也是，笑的時候她感受到自己雙唇豐滿，不需要豐唇已經有韓星整形後的效果。但看在別人眼裡那張嘴顯得寬闊，腫眼泡已超過臥蠶的標準，鴨蛋臉，但是倒著長的，下闊上窄，也許並非真的顎骨比額頭寬，而是額頭部分被髮遮住了，所以視覺上有了這樣的印象。頭髮是染過的，前一回是淺棕色，最新的一回是紫色，如今混疊在一起。

噢，絲珈還戴了帽子，她喜歡帽子，那是整體造型的一部分。

沈絲珈有兩份工，當然兩邊的主管並不知曉，他們都以為她只在自己手下打工，這兩份工一日一夜，因為待遇不高，所以得打兩份才能勉強應付開銷。所以，絲珈天天睡眠不足，導致她時常在公車上睡著，錯過下車，上班遲到遭到扣薪；甚至上班時間打瞌睡，被人投訴，主管自然不滿，考績總在不及格邊緣。她的生活是一場惡性循環，但因為已經在循環中，所以她既無法抽身，也不知從何改善，這樣的惡性循環很早就開始了，究竟多早呢，也許從她出生就開始了。

絲珈的家境不好，生活瑣碎的折磨耗盡了父母的耐心，驅使他們的感情也日益支離破碎；絲珈不聰明，加之不用功，入學以來成績始終不理想，勉強從中專畢業，自然搵不到好工，微薄的薪資使得她需要兼差貼補，而原本已經效率不彰的工作能力，在兩份工的積壓拖磨下，完全達不到稱職的要求，這樣的惡性循環似乎不是絲珈不夠靈光的腦袋想得清的，她一直是主管盤算著要開除的員工，只因為還有一點不忍心，所以忍耐著。

令人意外的是，這不忍心和絲珈的外貌有關，從絲珈的蓬裙、捲髮、帽子等裝扮，不難看出絲珈是刻意修飾過，但這修飾卻並沒能使她外型甜美，加分效果非常有限。天生的缺憾，後天不相稱的裝扮，這些絲珈彷彿都沒有意識到，她沉浸在自己的幻想裡，不需要鏡子，都能感受到自己散發的青春魅力，這樣的無知反而使得主管不忍開除她，沒有學歷、沒有家世、沒有工作能力，又還不知努力的絲珈，如果從這裡開除了，接下來該怎麼辦呢？主管憂心煩惱著，所以儘管再三斥責絲珈，依然沒有開除她。

這些絲珈都不知道。

她幻想著自己將有奇遇，在她不甚靈光的腦子裡構思的奇遇並不複雜，大致分為兩種：一種是她奇蹟式地遇到挖掘她天賦的伯樂，在演藝圈裡一炮而紅，從此過著令人羨慕的生活；另一種是她奇蹟式地遇到了一位有權有勢的帥哥，而帥哥也奇蹟式地愛上她，從此過著令人羨慕的生活。至於別人想知道絲珈的天賦是什麼，絲珈從來不為此苦惱，因為找出她的天賦那是伯樂的工作，不是她的。

絲珈多次報名選秀活動，每次都在初賽時就被刷掉，她不氣餒，並且相信現在的波折正好在她日後大紅時可以作為訪談的內容，她看過許多明星的成長故事提及出道前的辛苦，如果沒有這部分，訪談也缺乏看頭啊。

已經沒有足夠時間休息，偏偏絲珈還執迷上網，她在網上的朋友多過現實，或者應該說在現實裡她幾乎沒有朋友。讀書時，她和同學的來往就不親密，因為根本處不來。工作後依然如是，且打了兩份工的她根本無暇參與同事下班後的活動，她並不在乎，她對於同事相約逛街聚餐泡吧都沒興趣，她寧願和社群網的朋友聊天，並且相信其中臥虎藏龍，有不平凡之輩正關注著自己。

忙於返工，絲珈能夠在家的時間極少，但是在這極少的時間裡，她也得不到一點家庭溫暖，父親每天朝九晚五在工地打工，母親因為兩人在一處便忍不住吵架，乾脆選擇便利商店的大夜班，夫妻幾乎碰不到面，家裡是安靜了，但也如冷宮一般沉寂。奶奶每日唉聲嘆氣，嫌東嫌西，七十多歲的她其實健康狀況沒有她抱怨的那麼糟，但是她不願意做任何事，每天大部分時間躺在床上，房間裡散發汗水混合了藥油的異味，還有一種屬於衰老特有的氣息，也難怪絲珈沉迷上網，虛擬的世界比她擁有的好太多了，即使是假的，她也不在乎。

絲珈為自己取了一個英文名字，**Sabina** 莎碧娜，在拉丁文中原意是出身高貴的人，社群網站裡的她和現實生活裡完全不一樣，她建構了另一個層級的生活，精緻優雅，也建構了另一個自己，所有的照片都經過修圖，她的網友即便搭地鐵時坐在她對面，專心盯著她瞧上三十分鐘，也絕對認不出她。

她想起讀書時，教藝術史的老師曾經在課堂給他們看過幾幅畫，遼闊江面的一葉扁舟，偌大夜空裡的一輪明月，茫茫蒼穹裡振翅翱翔的老鷹，高聳山景下獨坐的一個人，這都是一種襯托，大片大片的空白也好，整幅整幅的風景也好，遼闊蒼茫的存在是為了凸顯那一小點，老師說：「紅樓夢賈家衰敗後，賈母、林黛玉、王熙鳳等人盡皆亡故，賈政在船上寫家書，寫到寶玉，抬頭忽見遠遠雪地裡一個人，光頭，赤腳，披著一領大紅猩猩氈斗篷。這人在雪地裡向賈政倒身下拜，賈政看不清楚，急忙出船，那人拜了四拜，賈政要還揖，發現拜者好像是寶玉，大吃一驚，方才問道：『可是寶玉？』寶玉已經被一僧一道夾住，說：『俗緣已畢，還不快走。』」說到這，老師要大家想像書中描寫的畫面，從近景到遠景，鏡頭一直往上拉，大片雪景襯托著寶玉的大紅猩猩氈斗篷，這就是一種藝術的效果，完全沒畫沒寫孤獨，卻讓人感受到孤獨，這才是藝術。

老師上課說的別的，她都不記得，唯獨記得這一段，她覺得這便是她的生活寫照，別人不懂得。芸芸眾生裡應該被凸顯的她，彷彿有一架隱藏攝影機無時無刻跟在她身後拍，熙攘人群裡只有她被看見，別人都是失焦的背景。

終於，她在社群網遇到了一名死忠粉絲，緊緊追蹤她，跟隨她的貼文與照片，這使得她既緊張，又有一點驕傲，雖然對方並沒有提出見面的要求，但是她已經開始思考，當對方表示希望碰面時，她應該做何反應，不可以一開始就答應。絲珈的拒絕念頭不是因為擔心對方發現真實的她和修圖後的她有很大的差距，可能萌生退意，而是從網路上看來的言情小說，讓她留下美麗女孩應該有一點矜持的想法，一約就約著了，似乎有損身價。

追蹤她的粉絲叫作 Pinocchio，也就是童話故事裡小木偶的名字，他發訊息給她介紹自己，這是兩個義大利文組成的名字，pino 是松樹，occhio 是眼睛，這個組合字在義大利佛羅倫斯的方言中指的是松果。而她從這個名字解讀得來訊息則是：他是一個不說謊的人，因為小木偶一說謊，鼻子就會變長。所以有所謂的皮諾丘症候群，患有此症的人不能說謊，一旦說謊就會影響生理，而出現相應症狀。絲珈知道這些，不是因為她有豐富的醫學知識，只是因為她是一個韓劇迷，而剛好有一齣韓劇的女主角患有此症。

從皮諾丘的貼圖觀察，他常常出入一些高級會所，這些會所不是有錢就能去的，不但採取會員制，且有些會所的會籍只能繼承，由此來看，皮諾丘的家世不錯，很可能是名門之後。至於職業，他似乎時間很自由，當然有錢人只要做做投資，並不需要朝九晚五的打卡返工。

一日收工後，絲珈買了炸雞薯條可樂回家，讓電腦陪著她度過理想的夜晚。以她的體重，炸雞和薯條實在不是恰當的選擇，但是樂觀的絲珈以為可樂選擇的是 zero，已經算是為控制體重付出努力了。皮諾丘果然已經在等著她，他體貼地問：「下午突然出現一陣驟雨，你沒有淋濕吧。」

「沒有，我在辦公室，倒是隔著玻璃窗一邊聽柴可夫斯基一邊欣賞雨景。」絲珈回覆，事實上她沒有欣賞窗外的雨景，因為她忙著點貨，她也沒聽柴可夫斯基，突然扯上這位先生，是因為想襯得自己有氣質些，而柴先生是她少數記得的音樂家名字。

「今天不忙嗎？」

「忙啊，腦子沒停過哪。」絲珈很自然地打出這句話，她不知道如果她的主管看到了恐怕會崩潰，他真希望絲珈能停止想些沒用的東西，這些東西占據了絲珈百分之九十的腦容量，剩下的百分之十則完全無法正常運作。猶太人有一句諺語：人類一思考，上帝就會發笑。用在絲珈身上正適合，但她身邊的人卻不一定笑得出來。

「我今天出海看雨。」皮諾丘不等絲珈提問，自己便交代了，還發來一張照片，三分之二是海和雨，三分之一是遊艇甲板。

絲珈好生羨慕，她也想坐著遊艇出海，上個星期有同事去青山灣一處老牌餐廳吃燒鵝，說是獲得米芝蓮推薦的，回來後盛讚香蒜排骨蒸糯米蟹飯，說好吃得不得了，同事透露那裡以前有許多名人去，絲珈不解，於是說：「那麼偏僻，去一趟多麻煩。」

同事回道：「有錢人怎會麻煩，不但有車，還有遊艇，出海去青山灣不遠的。」

是啊，香港有錢人不僅有車有樓，還有遊艇。絲珈暗暗期待皮諾丘邀請她一道出海，只是她不能自己主動提，必得是皮諾丘殷勤相約。

就在絲珈浮想聯翩時，客廳發出轟然巨響，奶奶尖叫，父親咒罵，一串不堪入耳的話語伴隨奶奶的哭喊，絲珈的視線不得不離開電腦，她看見天花板一大塊石屎墜落在屋中央，茶几被砸壞了，父親與奶奶倒是毫髮無傷。其實已經是萬幸，但顯然他們並不珍惜，疊聲惡語，六十年的老屋接下來面臨的修繕恐怕不是一筆小數目，絲珈不明白年邁的他們沒有為自己未受傷而慶幸，是因為他們更快意識到接下來修房子的錢將榨乾他們。

皮諾丘的真實姓名是謝濟學，但他不認為皮諾丘是假名，所謂真實姓名不過是指身分證上的，而那名字其實根本不是他決定的。他說自己今日出海也是真的，只是遊艇不是他的，皮諾丘沒說謊，他只提到出海，絲珈以為他擁有遊艇是她自己推測的。謝濟學是一名看護，照顧一位中風病人，他的雇主八十歲了，兒女都在國外，除看護外，還請了司機和做飯打掃的傭人，所以他確實住半山豪宅，經常出入高級會所。

絲珈一邊和皮諾丘聊天，一邊在網上看她所關注的明星消息。上班的時候總覺得時間過得很慢的絲珈，下班後上網總覺得時間飛快，一晃眼已經是夜裡兩點，明天一早還要上班，她不得不暫時離線，關掉電腦，隨著螢幕畫面的消失，她的腦子裡出現了一個疑問，她和皮諾丘保持日日聯繫已經三個多月了，本來她為了萬一皮諾丘表示希望見面該不該答應而煩惱，現在轉變成為什麼皮諾丘始終沒提出見面的要求而疑惑。

第二天，絲珈果然又起晚了，她努力裝扮起自己，將一身肉擠進連衣裙中，戴上耳環項鏈帽子，妝可以到巴士上再化，對於如何在搖晃的車上完成打粉底塗眼影甚至刷睫毛畫眼線她十分熟練。問題是剛化好妝，她就抵擋不了捱夜後猛烈的睡意，在車上睡著了，等她醒來，不但巴士已經過站，而且上了高架快速路，一連十幾公里根本沒有站。她只好等巴士下了快速路再下車，然後坐上反向的巴士，如此一來一往，不但多花了十幾塊車錢，也因為遲到了四十分鐘而遭扣薪，本來收入就不多的絲珈因此更加捉襟見肘。絲珈只意識到遲到對收入的影響，卻沒有意識到已經引發同事的不滿才是更嚴重的問題，她沉浸在皮諾丘帶來的幻想裡，一個擁有遊艇的王子，說不定就是她未來的依靠。

她開始思索如果皮諾丘繼續玩神祕不提出見面，她該如何不著痕跡的創造見面機會，始終各在電腦一端，是沒法建立可以在現實世界中應用的關係的。終於機會來了，她在電腦上貼出了一張壽司的照片，皮諾丘留言：「我最愛吃壽司。」

絲珈回覆：「我做給你吃。」

這樣就有見面機會啦，他總不好要她低溫快遞送過去吧，更何況下個週日是國際野餐日，絲珈本來根本不知道有這麼一個節日，這回倒是鬼使神差的讓她撞上了，於是他們約在濱海公園見面。

絲珈其實不會做壽司，她貼的那張圖不是出自她的手藝，但是絲珈相信那難不倒她，不過是做壽司罷了。她在網上搜尋食譜，然後照著做，接下來她吃了整整七天的壽司，海苔壽司是基本款，捲黃瓜，捲肉鬆，經過反覆練習，到約定的那天已經基本像樣了。她做了四款不同口味的壽司放在餐盒裡，像日劇裡看到的那樣，她還準備了飲料和水果，在海邊樹蔭下鋪上格子布，等著皮諾丘，她刻意挑選了開著鷄蛋花的樹，這是島上常見的花，有著一種純潔的印象。她希望皮諾丘看到她的第一眼是她恬靜地坐在花下，初見面的記憶很重要，以後皮諾丘每一次想起她，腦中都會浮現這清麗優雅的畫面。但是一直等到太陽都要落了，皮諾丘也沒有出現，沒出現在沙灘，也沒出現在網上，他出了什麼事嗎？絲珈既失望又擔心，她提著沉重的壽司搭巴士回家，還好飲料已經喝完，水果也吃了，總算減輕了一點負擔。

接下來，皮諾丘像是消失了一般，絲珈的心緒起起伏伏，終於在工作上犯下了主管再也不想給她一個機會的錯誤，她忘了要在下班前重啟電源，冷凍庫剛剛因為修理電路暫時關掉電源，結果整個冷凍庫的冷凍肉品海鮮都壞了。她遭到解雇，帽簷下的她黯著一張臉，暗淡的臉色其實不是因為丟了工作，而是連續捱夜，以前精力花在上網，如今家裡不得不翻修加固，她更沒法休息，下巴鼻頭都冒出了痘子，CC霜也遮不住。

她在主管再也按捺不住的咆哮中離開了，巴士上她低頭凝望手機，皮諾丘依舊無影無蹤，突然一則消息吸引了她，一名富家男上週日起失蹤，四天後被發現，原來墜海身亡，警方初步排除他殺，可能是意外。她望著網上的照片，滿臉笑意的年輕男人在遊艇上拍攝的，莫非他就是皮諾丘，所以那日遲遲未出現。這則新聞完全轉移了絲珈的注意力，她幾乎忘記剛丟了工作的自己必須馬上搵到下一份工，才能搞掂生活。

新聞裡的人當然不是皮諾丘，皮諾丘在國際野餐日準時抵達海濱，看見了坐在格子布上的絲珈，他完全感受不到鷄蛋花下的清麗優雅，絲珈簡直像一枚煎壞了的鷄蛋，蛋白糊了蛋黃散了，修圖前和修圖後的差距，使得他立刻掉頭離去，並且關掉了皮諾丘的Facebook。其實，這本就是可能發生的情況，樂觀的絲珈卻從未往這個方向猜測，她的樂觀與自信是一種與生俱來的保護機制，就像是作噩夢時，當令人驚懼的情節發展到難以承擔之時，便會醒過來一般，掉下懸崖但是未觸底粉身碎骨，遭怪物追趕咬噬但是未撕碎在利齒下。心理學上還有案例，對難以承擔的傷痛出現選擇性的失憶，何況絲珈不知道皮諾丘去了，她只是一廂情願的相信皮諾丘會喜歡自己，但現在不可能了，因為他意外離世，誰都沒法和死亡拔河啊。

絲珈決定去送皮諾丘最後一程，當然那只是她以為的皮諾丘，也算是為一段無法發展的情緣畫上句號。嚴格說起來，皮諾丘並沒有欺騙絲珈，所有的一切都是絲珈自己一廂情願建構的。

六十年的老樓還沒有修好，不時掉下塵屑，師傅說石屎剝落不只是石屎年久鬆動，樓板的鋼筋也有鏽蝕的情況，一棟樓損壞的狀況嚴重到看得見的時候，都不會只有一處需要修啦。絲珈覺得這位師傅恍如哲學家，人生也是這樣吧。奶奶不敢坐在客廳，連吃飯也在房裡吃，邊吃邊抱怨沒一件事順心。媽媽反正在家裡待不住，也擔心修樓的錢不夠，除了原本在便利商店八個小時的大夜班，還加了超市四個小時班，回家蒙頭就睡，眼不見為淨。絲珈沒敢讓他們知道自己丟了一份工，不然他們會將矛頭一致轉向自己，只有在這種時候，他們三人會暫時放下嫌隙。

她在 Facebook 貼了一張鷄蛋花的照片，寫下：無盡思念，常在心上。絲珈不知道鷄蛋花又名印度素馨，但是原生地卻在墨西哥，這世上名不副實者眾，隱隱流遞的歌聲暗示著她：「如木偶在說話開了口／自製謊話要求／無論結局會幸福與否／直說坦白因由／無謂故事最後得到這內疚。」但她沒有聽明，她浸染在自己編織的情節裡，紅顏薄命的哀怨淒清，接著，搵下一份工的同時，也要再找下一個皮諾丘。

她從Facebook的網頁轉到人力銀行看到了一份為老人打掃居屋的工，地址顯示是高級住宅，待遇也不錯，這或許是老天特意為她安排的機會，她立刻美化自己的簡歷發過去，一邊幻想老人的孫子將從初始的懷疑逐漸對她萌生好感，就像言情劇中的情節。當她按下傳送鍵時，正陪老人飲茶的皮諾丘突然打了個寒顫，是茶冷了的緣故嗎？他不假思索招手侍應示意添熱水，茶樓裡飄散著食物的氣息，咀嚼著蝦餃的他一點都沒察覺絲珈正朝他靠近。

雨燕和旱獺

住在地底下的旱獺和
在瀑布後方岩壁上築巢的雨燕，
究竟誰活得比較幸福？
地鐵繼續疾駛，直到下一站，
她們的問題很快被新的煩惱掩蓋，
在人潮洶湧的龐大城市裡。

地鐵裡，梧舒翻著雜誌：伊瓜蘇瀑布墜落峽谷濺起的水花飛揚，比水流落下的崖壁頂端還高，陽光穿過水簾迸放的霧粒，折射出數十道彩虹，當地印第安人稱瀑布為伊瓜蘇，是大水的意思，傳說曾經有個部族首領的兒子深愛的公主眼睛看不見了，他站在河岸邊祈求神靈讓公主能夠看見，神靈答應了他的祈願，公主雙眼重見光明的那一刻，他卻被湧入斷裂峽谷的河水捲走，於是公主成為第一個看到伊瓜蘇瀑布的人。

還有五站才到海淀黃莊，梧舒怔怔想著關於伊瓜蘇瀑布的傳說，如果她編這個故事，她會讓部落首領的兒子被水沖上岸，隔著寬闊的瀑布，王子在河的另一邊，公主以為王子發生不測傷心欲絕，王子想方設法橫渡瀑布……這將是一個奇幻探險故事，歷經刺激詭奇的危難，最終王子回到了公主身邊。梧舒不能忍受公主的視力是情人的生命換來的，若是這樣，公主餘生將如何度過？悔恨自責會一直折磨著她，王子的父母手足又將多麼傷心，她沒法接受，讓這麼多人終生哀傷。

「悲劇更吸引人，你不懂嗎？遺憾、眼淚、無盡的追悔，這是觀眾想要看的。」梧舒的耳邊響起收工前製片的咆哮：「不是一成不變的大團圓結局，大團圓引不起討論，關了電視，出了電影院就可以忘記。」

我是不是根本不適合當編劇？梧舒沮喪地想，為了一圓電影夢，畢業後她選擇留在北京，縮衣節食，啃饅頭灌即溶咖啡，分租一個地下室小房間，這些她都不怕，可是六個月了，一個劇本都沒通過，那怕通過後再改都行。她出神盯著對面的車窗，還好對坐的人只顧低頭滑手機，完全沒留意到她的失態。

傍晚雨燕回巢時，是伊瓜蘇瀑布特殊的景觀，終年水氣環繞，瀑布後的岩石長滿像地衣般的植物，峽谷兩邊的雨林中可以看到蕨類、竹子、棕櫚，運氣好的話會發現鮮豔的野生蘭花，細心觀察還有機會看到奇麗的大型鸚鵡。車上電視繼續播放，數以萬計的雨燕是瀑布的長住客，牠們在水面盤旋尋找食物，不時穿過水幕，到瀑布後的岩壁上歇息。穿過瀑布水幕，豈不是全身羽毛都要淋濕了嗎？莞晴心裡疑惑著，筲箕灣站到了，她隨著人流下車，為雨燕操心的片刻，瀑布水幕縫隙迸出今早出門時媽媽和她說的話：「你住家裡，以後中午自己帶午餐，多省下兩千元當家用吧。」

莞晴每個月工資兩萬多，原本給媽媽五千當家用，可是爸爸的津貼被取消了，他們沒和她說，但是她知道，房子這麼小，有時候即使不言語，眼神的交流也有穿透力。

她計畫明年和蒙齊結婚，他們已經交往兩年了，她希望能擁有自己的房，小些也不要緊，她和蒙齊約定每人每個月在聯名帳戶中存入三分之一工資作為結婚的購房基金，如此算下來，她每個月可以用的錢也只剩八千了。走出地鐵站，逼仄的人行道、高聳的樓房，雨燕住在瀑布後方大約也有不得不的原因吧。

梧舒走出人潮嘈嘈的地鐵站，她沒乘電扶梯，電扶梯的人更多，她走樓梯，邊走邊和自己說：去健身房做階梯運動還要花錢呢，彷彿如此說了，自己心裡會平衡些。回到地面，天已經黑盡，每天中她有一半的時間在地下度過，地鐵和地下室的小房間是她北京的記憶，如果有一天她成功了，她會怎麼對來採訪的記者說這段日子呢？腦子裡胡思亂想之際，她已經來到市場，家裡有雞蛋，她只要買個西紅柿和菠菜，回家就可以煮一碗色香味俱全的麵安慰自己。她朝著紅豔豔一堆西紅柿過去，小販嚷著：「好吃的西紅柿，特優的西紅柿，可以傳宗接代的西紅柿。」梧舒聽了不禁失笑，用傳宗接代來形容西紅柿，她還是第一次聽到，但想想也沒錯，人類考慮物種的延續時可不是要挑品種最優最佳的嗎？所以這四個字還真是恰當的比喻。唉，梧舒嘆口氣，突然覺得連小販的用語都比她精彩，難怪她的劇本老通不過。

考上北京的大學時，她興奮得不得了，嫌機票貴，她坐了十幾個小時火車加大巴來到這座城市，偌大的城市裡，匯養著偌長的歷史，春天的櫻花杏花，秋天的銀杏楓紅，白天的長安大街，黑夜的三里屯酒吧，舞台上一切絢麗繽紛，她意識到離她愈來愈遠。大學四年住在學校宿舍，她已經發現人在一出生就有了很大的不同，外貌智商家世凡此種種，但她並未失去信心。畢業後，她只租得起地下室的小房間，想起大學時宿舍在五樓每天爬樓梯時的抱怨，原來是一種幸福，至少陽光照得到屋裡。

麵煮好了，鮮豔的西紅柿和菠菜上躺著一枚水煮荷包蛋，紅的綠的黃的交通燈般的組合，她就著新聞聯播後的電視劇一起吞下肚子，那些她寫的故事何時才能在電視上播出？咬了一口荷包蛋，吃得太急蛋黃有點噎人，她不理，一心只盤算著劇裡的人物設計，一個接一個的人物出場，女一號因男一號交通違規進了派出所，於是將男一號的車開去還給他的女朋友，也就是女二號，情節並不合理，因為女二號此時不在家而在醫院開刀，車子大可留在派出所啊。但是編劇要藉此帶出男二號也就是女二號的弟弟，第一次和女一號相遇。梧舒心裡很快建立了一張網，電視劇裡主要人物紛紛擺放在相應的位置，這已經成為她的職業病，不，其實不能說是職業病；以前的高中同學問她在北京做啥？一開始她說做編劇，現在她都不知怎麼回答了，一部劇本沒拍過，還能說自己是編劇嗎？既不能算編劇，又何來職業病之說？不過是學生作業式的結構分析罷了，梧舒有點洩氣，她咬了一口西紅柿，酸溜溜的汁液淌滿口腔，還有點燙，但她不理，蛋黃噎人西紅柿燙口，她都可以不理，但是眼前的困境呢？她不覺有些發怔。

「待會兒去吃什麼？」午餐時間，同事們商量著。莞晴不語，直到有人問她，她才說：「我帶了午餐。」

「計畫結婚先練習廚藝嗎？」同事打趣地說，莞晴不置可否，她一方面擔心不參加午餐會影響和同事的關係，另一方面也怕別人發現她的財務窘境，連午餐都自帶，晚上下班後的各種聚會她更無力參加。她原本不希望別人說她只顧談戀愛離不開男朋友，但是現在她更不願別人說她孤寒。同事們相偕外出，莞晴從雪櫃拿出飯盒放入微波爐，在茶水間遇到業務部的阿偉，他也帶飯，見到她，笑說：「沒辦法，老婆說要慳錢買樓。」

莞晴點頭，是鼓勵阿偉也是安慰自己：「那你就幸福囉，娶到好老婆，有愛心餐可以吃。」

「你不也有，是媽媽做的吧。」阿偉湊過來看莞晴熱好的飯盒：「哇，鯪魚肉餅配飯最好味。」

「你喜歡，分你一半。」

「我帶的咕咾肉你也嘗嘗，我老婆手藝還不錯。」

有人分享，莞晴原本的擔心稍減，但是接二連三拒絕同事們下班後的邀約依然讓她煩惱，她甚至因此願意加班，一方面成全了想玩不想加班的同事，自己的缺席也有了大家能接受的理由，另一方面還可以賺加班費。她想起曾經在雜誌上看到一則報導，針對辦公室裡不討人喜歡的行為所進行的調查，其中有一條是：下午大家一起訂外送茶飲，還缺一杯才達到外送的數量要求，卻依然不願意加入。不論是因為怕胖還是想省錢，莞晴認為這都算不上行為缺失，在這項調查中卻是會引起同事反感的，那些習慣下午訂外賣茶飲的人可能沒有想到，每天三十元日積月累對某些人來說也是負擔。

下了班，莞晴和蒙齊相約睇樓，新推出的樓盤，明年入伙，地點雖然遠了些，但是勝在樓新，交通方便的地區許多樓宇屋齡都超過三十年，整修起來又是一筆錢。銷售中心人頭攢動，仲介逮到人就口沫橫飛地介紹，但其實即使你看中意了，買方多過售樓單位，所以還要排號，或者抽籤。樣品房的布置總是能騙人，看起來美觀新穎，但並不實用，真的入住後，兩人的物品放都沒處放。蒙齊領悟道：「樓價這麼高，放什麼東西都浪費了。」

梧舒隔壁的女孩搬走了，說是嫁給了一個有北京戶口的男人，男人年紀比她大了十歲，但是有房。梧舒心想，既是北京本地人，很可能不只一戶房子，爺爺奶奶老爺姥姥的都留給他。梧舒只希望自己能租得起地面以上的房子，窗外有點風景更好，她並不羡慕別人有房。隔壁的房間才空出來，就來了好幾撥看房的人，梧舒不待見的地下室多的是人想租，圖它便宜且近地鐵站。後來是一個和梧舒年齡相仿的小伙子搬了進來，梧舒看到他第一眼，心裡立刻浮現人物表，在她的生活裡，他會成為男幾號嗎？每個人都應該是自己故事裡的一號，但梧舒其實懷疑會有一個完整的故事以自己為女一號嗎？

晚上，梧舒剛洗完澡，在走廊遇到男孩，男孩問：「我今天剛搬來，手機沒電了，一時找不到充電器，但是有件事急著聯繫，你能借我嗎？」梧舒回房拿了充電器給他，大約一個小時後，男孩敲她的房門還充電器，她發現他不但長得好看，聲音也好聽。可是男孩並沒和她多聊，連名字都沒說，更別提在哪上班一類應酬話，只將充電器放在她手上就走了。後來，梧舒才知道，他借充電器急著聯絡的人是他女朋友，而那通電話裡他確切知道女朋友已經移情別戀，正式和他分手了，在他搬進地下室的第一天。

接下來的一個月裡，梧舒常常看見男孩，背著背包走往地鐵站，他們出門的時間很接近，但是男孩從未和她打招呼，是個性孤僻冷淡，還是還充電器時已經抹去對她的記憶？終於在前腳後腳走上地面的一天，陽光照在男孩臉上時，梧舒回頭說：「我叫梧舒，你和我借過充電器。」男孩愣了一下，隨即說：「我叫大慶。」兩人於是一起走往地鐵站，梧舒知道了他剛在北京找到工作，讀的是建築，但還沒設計過任何建築物。梧舒介紹了附近購物環境及飲食資訊，哪裡買菜哪裡買小雜貨，大慶突然說：「我會包餃子，週日我包給你吃吧。」原本的疏離像是沒發生過，突然情節跨越了一大步，兩個離鄉背井的年輕人就這麼開始交往了。

「你知道莞晴為什麼開始帶飯嗎？是為了和阿偉一起吃飯。」莞晴在倉庫的貨架清點貨品，進來取貨的兩個同事完全沒想到倉庫裡有人，正交換辦公室裡的八卦。「不會吧，阿偉才剛結婚，莞晴也有男朋友。」這句不會吧，表面上看似為莞晴和阿偉辯解，其實是為了引對方說出更多八卦。「那又怎麼樣？正好平衡，這樣的外遇才安全，誰都不想鬧開啊。」

同事拿了貨出去，留下錯愕的莞晴，她完全沒想到辦公室有這樣的蜚短流長，意外之餘，不免為自己蒙受不白之冤忿忿不平。中午在茶水間熱飯，遇見阿偉，莞晴猶豫著該不該告訴阿偉，但又覺得明明什麼事都沒有，若是煞有介事般和阿偉說，反而尷尬。只是整間公司只有他們倆帶飯，共進午餐的困局怎麼解都顯刻意啊，那些行得正坐得端不用理會別人閒言的話語，此刻用來安慰自己完全沒有效果。

「怎麼了？有心事嗎？」阿偉關心地問看來有些心不在焉的莞晴。

莞晴說：「沒事。」心裡卻暗下決定，為了避免流言，她決定改帶不需加熱的食物，例如電影裡外國人帶的三明治，夾花生醬芝士午餐肉一類，然後獨自到附近的公園用餐，還可以藉機散散步，同事要問，就說約了蒙齊，這下謠言該終止了吧。

大慶的餃子果然包得不錯，自己擀的餃子皮，西葫蘆豬肉餡，比例得宜，吃起來香而不膩。梧舒於是做了烙餅回請大慶，兩個年輕人開始輪流下廚，韭菜盒子、咖哩雞飯、肉醬義大利麵，不拘中西，工作之餘的日子溫馨家常，這是梧舒到北京後不曾有過的。她和大慶有很多不同，但是兩人都來自小鄉城，並且堅持走在勇敢追夢的路上，單是這兩點已經讓他們有了相惜的心情。

大慶學的是建築，但是平日裡他幾乎不曾聊到建築，不像梧舒老是忍不住批評電視劇，兩個人一起吃飯，總是開著電視，梧舒看著看著就數說起劇情，大慶也很有興趣一起討論。有一回大慶還提出了一個頗有建設性的意見，他說：「以前觀眾從電視看連續劇，配合電視台的播出時間，所以編劇喜歡在每一集結尾安置一個懸念，吸引觀眾第二天繼續看。現在網上追劇一追好幾集，收視習慣改變，應該也會影響連續劇的結構安排吧。」更讓梧舒意想不到的是連言情劇大慶也願意看，她以為男性不喜歡言情劇呢，看來她們公司的調查數據未必正確。

難得一個假日，梧舒微信問大慶要不要去玉淵潭公園看櫻花，大慶回說要去剪頭髮，梧舒聳聳肩，預備在網上看看新聞，大慶卻提議一起去剪頭髮，他在網上團購有優惠，梧舒說：「人家說女人愛美，我發現你比我更在意外型，你知道我為什麼留長髮嗎，因為不必剪，實在長的嫌煩了，就一刀剪到及肩處，然後又可以兩年不理會。」

「你沒聽過嗎？你怎麼對待自己，別人就怎麼對待你，你打理好自己，也許別人對你另眼相看，你寫的劇本評價也可能隨之提高。」

「這麼神？」梧舒不信。

「試試看，當轉運。」

不敵大慶軟拖硬磨，他們一起去了髮型屋，才到門口，新穎時尚的布置已經讓梧舒萌生退意，她拉住大慶：「這家肯定不便宜，一不小心半個月工資沒了。」

大慶掏出手機給她看下載的優惠券，要她放心，推門時一點不遲疑，髮型屋裡沒有其他客人，設計師熱情地招呼他們，將他們引入座位，沒有過多的介紹便著手做造型，燙染剪加護髮，只要四百多元，梧舒大讚物超所值，但不知為什麼整個過程令人起疑，可能是太流暢的緣故，像是安排過的不真實。髮型做完已經是下午，大慶提議逛街，兩個人自拍吃冰淇淋喝咖啡，連同剛才髮型屋的部分，就像言情劇一般，原來真有人這樣生活，梧舒想也許她真應該出來逛逛，寫出來的劇本也真實些。

經過鑼鼓巷，梧舒說：「很少聽你說對建築的看法。」

「真心喜歡的東西不是要放在嘴上說的。」大慶回答。

梧舒聽了不覺慚愧，對於她大放厥辭批評電視劇，大慶會在心裡偷偷笑她嗎？這是一種修養吧，認識大慶才幾個月，梧舒覺得自己有了成長。

隔天辦公室裡雖然有人稱讚梧舒的新髮型，但是也有人根本沒發現，也許從來沒正眼瞧她，製片劈頭就將她擬的劇情大綱摔在桌上：「悲劇，不是告訴過你了悲劇。」

「我覺得社會需要正能量。」梧舒辯解。

「那是口號，OK？正能量或許可以激勵人心，悲劇卻可以讓人看見自己的幸福，懂嗎？發現原來自己的人生沒那麼糟。不然恐怖片也行，電影一結束，觀眾都慶幸自己能回到原來的世界，曾經以為的千瘡百孔相比恐怖片裡的一切是那麼歲月靜好。」

莞晴在公園的樹下吃夾著午餐肉的麵包，雖然四月了，風吹過依然有幾許涼意，午餐肉混合了芝士和麵包的滋味，坦白說，莞晴覺得並不比鮮茄豬排飯或涼瓜斑腩飯的味道差，但是其中的周折情緒，還是讓莞晴有些委屈。她邊吃邊滑手機，看看網上的售房資訊，買房的目標成為支持她的力量，突然有人喊她，莞晴心虛地張望，以為被同事發現她獨自在公園吃麵包，而不是和男友午餐約會。

「不記得我了啊，我們中學同班三年，吳青。」

莞晴想起來了，他們互動不多，但是她記得，他的成績不錯，她原以為他會出國。

「我去美國念了個MBA就回來了，現在連老外都來中國賺錢。」吳青說，他拿了一張名片給莞晴，他現在是理財顧問。

「我約了幾個同學下週聚餐，今天這麼巧就遇見你，算你一個，我請客，一定要來哦，大家難得聚聚。」吳青聊了一下近況，臨走前匆忙丟下了一個邀約。

梧舒的劇本大綱又被退了回來，製片氣急敗壞地說：「你沒看看最近收視好的電視劇嗎？分析分析觀眾買單的原因。」梧舒閉著嘴，在心裡開始與自己的對話，同樣是到大城市打工，電視劇裡的群租房不但在高級大樓裡，還位於高樓層，真實生活中的她即使群租也租不起高級大樓，不高級的大樓還棲身地下室。她癟癟嘴，怎麼知道人家那是高級大樓？一海歸高管，一富二代住的，能不高級嗎？那樣的房三分之一的房租怕是她全部工資，她的人生能不黑暗嗎？高樓不但光線好，還踩在別人頭上，地下室無光不說，整個屈居人下啊。

「這是你嗎？」悶著氣正和自己拌嘴的梧舒聽到同事發問，一轉頭竟在同事的電腦上看到了自己和大慶，這是什麼？她惶惶不明，他們的日常生活被剪輯成了真人秀。

「這支《旱獺的日子》聽說在網上挺紅的。」

「旱獺？」

「土撥鼠的一種，生活在蒙古和新疆。你不知道？不是你兼差拍的嗎？也許你應該當演員而不是編劇。」

旱獺是一種群居洞穴的動物，牠們挖掘能力強，生活的洞穴深而複雜，通常分布在石坡和溝谷灌叢下，因為挖掘洞穴推出的沙石堆在洞口形成旱獺丘，這齣劇以旱獺比喻住在地下室的北漂年輕追夢者。

「我完全不知道。」

「你不知道？你是說這是偷拍？」

偷拍？如果真是偷拍，那麼大慶知不知道呢？梧舒突然回想起一些細節，好比大慶不論在家包餃子還是吃飯，總刻意維持面向特定方位，就連兩人一同外出時也是，和梧舒說話更常不自覺保持某種角度，如今想來不自覺只是梧舒以為的，其實是出於自覺。

吳青約的聚餐在一家日式燒烤店，和牛和啤酒點了又點，像是不要錢，看來他混得不錯。同學們雖然許久不見，但是話匣子一開，馬上又回到當年，爭相吹水，酒酣耳熱之際，有人說：「吳青，有錢賺也帶上我們啊。」

「好啊，相信我的眼光的話，跟著我投資，外幣期貨都OK。」

「投資帳戶都有門檻，我可跨不過。」保守型的先打了退堂鼓。

「擔心風險，可以不要一下子拿出太多錢，大家合開一個帳戶，一人拿十萬，十個人不就有一百萬，以後定期聚餐的藉口都有了，年底還可以分錢。」

大家覺得吳青說的有道理，十萬元不是太多，連放定存有些銀行都不收，如果能賺點投資報酬，總好過呆放著追不上物價漲幅。可是莞晴就連十萬也拿不出來，也許是上天有意幫她，第二天她就接到了銀行信用貸款的電話，一咬牙，她真的貸了十萬，匯到吳青的帳戶，沒和任何人說，她想，等賺了錢再告訴蒙齊，那時他應該會開心，離買房又近了一點。

一八六三年英國牧師殷森德用傳教得來的布施在天津英租界內買地建起利順德飯店，過了幾年，殷森德與怡和洋行買辦梁炎卿又集資擴建飯店，成為當時天津市最高的建築物，許多政要名流曾在這住過，如孫中山、李鴻章、溥儀、袁世凱、張學良及梅蘭芳，美國前總統胡佛、十世班禪喇嘛、英國國王愛德華八世等人也曾入住，其中美國總統胡佛還在三八八號房住了五年。

看到這則報導，梧舒決定親自去一趟天津，這應該是一個不錯的故事題材，有真實有編纂，有歷史依據有文學幻想，結合大時代大人物大胸懷，還融合小人物小生活的悲歡離合，忙了幾個星期，終於完成了大綱，遞出去之後，梧舒不敢抱有希望，因為已經失望太多次了。過了幾日，製片喊她去，翻著她的大綱，大半年過去了，她已經不知道什麼是嘔心瀝血，什麼是油盡燈枯，她看見自己的大綱被紅筆畫得亂七八糟，製片說這裡要改，這個人物不該是這樣，那裡不夠緊湊，另一處則可以再鋪排……「好了，你回去改，愈快愈好。」製片將畫得亂七八糟的大綱扔還給她，這意味著初步通過了嗎？不是退回，還有得改就有機會拍，梧舒太意外了，連高興都忘了，怔怔回到自己座位，面朝電腦坐下。

同事似乎已經猜到了，說：「你現在有知名度了，當然不一樣，堅持追夢的北漂女孩。」梧舒聽了，心裡百味雜陳，難道她應該感謝《旱獺的日子》嗎？實境秀的偷拍被梧舒發現後，她拒絕配合，還揚言提告，大慶於是搬離地下室，走前大慶說：「如果你看到所有拍攝的片子，你會發現剪輯後的版本真的對你沒有任何傷害，涉及隱私或可能引發爭議的都剪了。」

三十五度高溫，空調卻始終降低不了室內的燥熱。莞晴的媽媽說：「空調怕是壞了，已經修了好幾次，這次不知道還能不能修得好。」莞晴想到自己即將拿到的投資獲利，心疼媽媽額頭的汗，不住地搧都沒用，於是說：「換個新的吧，我出錢，換分離式的，這台空調太舊，不但不冷，也太吵。」

新空調安裝好，果然安靜又清涼，莞晴的心情舒爽些，空調是刷卡買的，但是不要緊，吳青說了下個月要將獲利分給大家。這些年為了存錢買房，莞晴不得不降低自己對生活的要求，終於過得連自己都感到心酸，卻還是追不上房價，難怪有人說你不理財，財不理你，只靠出糧，果然還是不行的啊。

週末，莞晴和蒙齊又一起睇樓，這回他們看的是二手房，香港的樓小，家具特別難擺放，不是沙發遮住窗，就是餐桌擋到門，經常擺了床就開不了衣櫃門，而許多雙人床還只有四尺寬。莞晴和蒙齊看房看得都有些灰心了，買得起的看不上，看得上的買不起。

從屋苑出來，蒙齊和莞晴手牽著手，商量待會吃什麼，蒙齊突然說：「香港買房太難了，不然我們換個地方生活吧。」

「可是我們的家人朋友都在這啊。」莞晴不是沒有想過，但她捨不得，心裡也不甘，憑什麼她一個大學畢業生，願意拚搏，卻連在自己成長的地方都無法安身。

蒙齊的提議被擱置了，其實他自己對於移居也十分猶豫，人生地不熟將會遇到哪些困難，他完全不知道。生活繼續著，莞晴依然每天中午自備三明治，有時也做壽司，她安慰自己有研究顯示，吃冷飯比較不容易發胖。一天，她正在公園裡吃海苔壽司，突然接到同學的電話：「吳青聯絡不上，我去他名片上的公司，才知道他早就離職了。」莞晴腦子裡一片空白，口中咀嚼的壽司嚥不下也吐不出。原來冷飯並不好下嚥，莞晴突然想起，如果不是擔心人言可畏，她應該還在茶水間吃飯盒，根本不會遇到吳青。

梧舒的第一部作品《利順德飯店》終於開拍了，公司的宣傳罕見地在出演的演員之外，將編劇也推到了第一線，簡直可以拍另一部勵志版的青春追夢劇。拿到稿酬的那一天，梧舒立刻搬出地下室，租下高層公寓，雖然只有三十平米，但是有落地窗，還有小小的陽台。同事聚餐為她慶祝，可她並不真的開心，因為她的劇本被修改得體無完膚，面目全非，根本不是她原本構想的故事，連人物的性格都完全不一樣了。同事安慰她：「萬事起頭難，至少你已經起了頭，以後總有你發揮的餘地。」梧舒還有別的理由不開心，只是她沒說出口，而這理由誰都看得到，就是《旱獺的日子》在網上走紅，是製片採用她的劇本最主要的原因，她不認同的手段促成了她的機會，既諷刺又難堪，她不是騙子，現在卻覺得自己和無恥的騙子站在了一塊。

一個多月後，梧舒在網上看到大慶出演的古裝劇，發現他古裝扮相比時裝更帥，他根本沒念過建築，他本來就是要走演藝這條路，偷拍的真人秀是經過經紀公司安排的。梧舒被利用了，卻也從這「被利用」裡獲得了好處。她的心裡翻起一層又一層苦澀，她以為大慶是她的朋友，原來不是，她只是剛好走進了這一場布置出來的秀，她想起大慶搬走前曾經說：可能引發爭議的都剪了。引發什麼樣的爭議呢？梧舒心裡浮現出在網上看到的畫面，什剎海水邊樹下，陽光是花間篩落後蕾絲般的細片，大慶伸手取下落在她髮上的粉紅花瓣，手勢輕柔，目光深情，當時梧舒隱隱覺得心動了，她領悟到愛情原來真的如言情劇般是有突然迸發的可能，這一段可以吸引眾多網友的畫面當然沒有被剪掉，而梧舒在電腦螢幕上看到自己時，也才明白了自己的錯覺有多麼傻，她只不過是言情劇橋段中正巧出現的對象，不具意義的。

關掉電腦，梧舒連對自己都不願意承認，被辜負了的真心是最讓她難過的。

將購房基金挪出部分還清積欠的債後，莞晴和蒙齊終於還是出走了，他們買到了想要的房子，三房兩廳，主臥房不但配有浴室，king size 的雙人床擺置其中，三邊落床完全不逼仄，還可放置大衣櫃、梳妝台，客廳裡整套沙發，三人雙人單人各一，再搭配腳凳。一切都很好，只是不在他們成長的地方，這美好的居所是兩人離鄉背井換來的。

住在地底下的旱獺和在瀑布後方岩壁上築巢的雨燕，究竟誰活得比較幸福？相隔數千里的地鐵車廂裡，梧舒和莞晴的心裡同時浮現出這個問題。地鐵繼續疾駛，直到下一站，她們的問題很快被新的煩惱掩蓋，在人潮洶湧的龐大城市裡。

藍手帕

柴沁曾經希望自己是和母親不一樣的女人，不是指母親喜歡男人，而她喜歡女人，不是的，而是她要為自己的人生做決定，生一個帶著她喜愛的人基因的孩子……

柴沁買了三塊水藍色的棉質手帕，她暗暗決定以後只用這一款手帕，而她往後的人生在她做了這決定的時候，已經有了截然不同的改變。

那三塊藍手帕是在家附近一家小百貨店買的，每天柴沁下了校車走回家的路上都會經過這家店，店不大，卻可以買到內衣、襪子、拉鍊、扣子、髮梳、粉撲等許多用品，臨門有一個玻璃櫃，賣的是資生堂化妝品，從最新款的美白系列到最早的綠色透明瓶裝化妝水都有，後來，柴沁用來洗澡的紫紅色蜂蜜香皂也是在這買的，她不用香水，不用氣味甜美的沐浴乳。柴沁的父親身居要職，總有人送給母親各種香水和保養品，母親收到後，並不當一回事，常常問柴沁要不要挑選著使用，於是，還是個中學生的柴沁身上不合時宜地散發出迪奧的茉莉香水味，甚至香奈兒五號的氣息，直到柴沁買下了那三塊藍手帕，她做了一個決定，她要成為一個和母親不一樣的女人。

柴沁的家距離市中心約莫四公里，平日買東西吃東西上銀行則在附近的圓環，那一座中間栽植著花木的圓環是她生活圈裡的小城區。百貨店也在圓環邊，還有文具行，在電腦不普遍的年代，學生們還是要使用筆記本、筆、橡皮擦的，這裡說的是真正的筆記本，不是筆電。柴沁住在圓環西北隅，讀的小學也在西北隅，文具店和百貨店在西南隅，上了中學，校車的上落點也在西南隅，圓環的西側是她主要的活動範圍。初三時，圓環的東南隅出現了一家電影院，接著旁邊開起了炸雞店、泡沫紅茶店，於是她的活動範圍擴展到了東南隅。只有東北隅是陌生的，直到高中時一條新的公車路線從圓環西北隅穿過圓環蜿蜒進入東北隅，已經十六歲的柴沁週末也不再只跟著爸媽出門，開始和同學約會，獨自搭乘公車前往市區的碰面地點，當車駛入東北隅時她竟有一種探險的心情。

圓環的西北隅，也就是柴沁家所在的區塊矗立著一大片獨門獨院的別墅，但是東北隅則有著一大片眷村，柯微彤就是眷村的孩子。小學一年級，紮著麻花辮或馬尾的柴沁並不喜歡上學，主要是討厭班上幾個調皮的小男孩，他們總是變著法的惹惱柴沁，一天中午，他們在柴沁的桌上用粉筆畫了亂七八糟的圖案，柴沁看見了，立刻調頭走出教室，她穿過校園中間偌大的操場，從低年級教室來到高年級教室，她隱隱感受到自己被一股堅定的意志所驅使，她必須解決眼前的困擾，但是要怎麼解決呢？她想起了哥哥，於是她站在五年級的教室外，對著高大的五年級學長說：我要找路達，我是他妹妹。一個五年級生回答：他不在教室，另一個疑問：路達有妹妹嗎？沒錯，你大概也發現了，一個姓柴，一個姓路，怎麼是兄妹呢？確切地說，路達是柴沁的乾哥哥，因為路達的母親和柴沁的母親是好朋友，路達家裡三個男孩，沒有女孩，所以柴沁一出生，路達的母親迫不及待認了乾女兒，對她疼愛有加，於是她一出生就有了三個異姓哥哥。

聽說路達不在，柴沁沒了主意，她所能想到的解決辦法就是讓路達來解決，她哭了起來，旁邊環繞著幾個五年級男生的保護欲立刻被激發了，他們問柴沁發生了什麼事？柴沁抽抽噎噎地說了，男孩們一片打抱不平的義憤填膺，陪著柴沁回教室，完全忘了自己小時候也欺負過女同學。說欺負其實也不能算，就是想引起對方注意，年紀還小的他們不清楚這種故意的調皮，潛藏著被異性吸引的喜歡，走在操場上矮小的柴沁後面跟著三個相形高大的男孩，其中一個說：我第一次看到紫色的皮鞋。柴沁腳上穿的紫皮鞋有著鏤花扣帶，從小她就擁有各種精緻的用品，蕾絲花邊白短襪、紗裙、蝴蝶結髮飾，國外帶回來的迪士尼卡通圖案書包、鉛筆盒和保溫飯盒，她是在悉心照護下成長的，吃穿用度全不馬虎，為了不在手臂和大腿留下疤痕，就連卡介苗預防針也特意注射在腳底。不一會兒，聽聞消息的路達也來了，他們警告了畫柴沁課桌的小男孩，其他小男孩也看到了這陣仗，以後沒人敢調皮惹柴沁，而柴沁也在不知不覺間有了一種習慣，靠一個男人解決另一個男人帶來的困擾。

一直習慣依賴路家三兄弟的柴沁，和路家三兄弟明顯疏遠是在她十四歲的時候，剛剛進入青春期，她對於身體的改變有些難以適應，尤其是每個月的生理期，來潮的不便與不適，肚子痛、不能吃冰，一向親近的哥哥們以為她病了，她怕他們知道，為什麼怕？似乎覺得那是難以啟齒的隱晦疾患，一回，路達發現了她拿著衛生棉，不知那是什麼，於是問她，柴沁不肯說，從此，柴沁和他們保持著距離，覺出彼此的不同，這種意識其實還有著不滿，憑什麼男生不用每個月忍耐這樣的不舒服。

柯微彤不一樣。柯微彤不靠別人解決問題，解決不了的問題她就放著，放也放不壞，有些放放就忘了，忘了就不是問題，這樣的一種態度意外使得柯微彤散發出瀟灑佻達卻不惹人厭的氣質。柯微彤和柴沁在同一所高中讀隔壁班，常在走廊遇到，在還有髮禁的年代，剪著齊耳短髮的柯微彤依然不失清麗，且散發著一種小男孩的俏皮。一天午間打掃時柯微彤在走廊拖地，不小心打翻了水，她毫不在乎佯裝拖把是毛筆沾著水在磨石子地上寫了一個字，柴沁經過沒留意，被揮舞的拖把絆倒，整個人向前傾，柯微彤反應很快蹲下身扶住了她，柴沁跌坐，上半身靠在柯微彤的臂彎，她低頭凝視著自己，問：「你還好嗎？」柴沁竟然臉紅了，她點點頭，柯微彤扶她起來，說了句對不起。

後來柴沁留意到總在回家的校車窗外看見柯微彤騎著自行車的身影，有時她被校車拋下了，但是校車停下讓到站學生下車時，她又追上來了，連續好幾次後，終於柯微彤的自行車打橫攔在柴沁面前：「走，我帶你去吃冰。」柴沁愣住了，喏喏問：「去哪？」柯微彤說：「上車。」學校是禁止單車雙載的，不過這裡離學校已經三四公里遠，也不會有老師看到，柴沁一咬牙坐上了自行車後座，柯微彤載著她去到了圓環的另一邊，在一家冰店前停下，她說：「我請你，吃什麼？」「冰淇淋蘇打，鳳梨口味的冰淇淋。」柴沁回答。這家冰店柴沁很少來，她總是放了學就回家。冰店主要提供各種水果口味冰淇淋，可以搭配紅茶、汽水或酸梅湯，店家還會在杯子裡添加所選擇口味的水果，所以柴沁杯子裡的汽水混合著切碎的鳳梨，柯微彤點的是西瓜冰淇淋紅茶，她用長勺吃著切成丁的西瓜：「你鋼琴彈得真好。」原來她留意過自己，柴沁有些意外，大約是經過音樂教室時聽到的，她小口小口吃著鳳梨冰淇淋，混合牛奶後粉黃的顏色像她現在的心情，溫柔的，清新的，接著用吸管吸了一口汽水，氣泡帶來的刺激感也像她現在的心情。

柯微彤說：「我絆倒你的那天，你知道我在地上寫的是什麼字？就是沁，你的名字，似水的心，一寫你就靠近了。」

柴沁聽的怔了，不知該如何反應，那竟像一個咒語，招來了她。吃完冰，柯微彤騎車載她到巷口，走前說：「期中考完，我們一起去看電影。」

柴沁於是期待著，每天晚上溫書的時候，心裡都想著和柯微彤一起看電影。期中考結束的星期六下午，兩個女孩在森玉戲院看《克拉瑪對克拉瑪》，電影中梅莉・史翠普飾演的妻子離去，達斯汀・霍夫曼飾演的丈夫只好獨立撫養小孩，最後兩人為了爭取小孩監護權，在法庭上彼此攻訐。柴沁哭了，原來至親反目的冷酷更讓人受傷。電影結束，戲院的燈亮了，柴沁紅了的雙眼一下讓她難為情起來，她用手帕擦拭著，柯微彤伸手揉她的頭髮，嬌寵地說：「我們沁沁愛哭哪。」柴沁聽了既甜蜜又害羞，柯微彤盯著她的手，然後說：「你的手帕真精緻。」不知道為什麼柯微彤這句話讓柴沁決定換手帕，柴沁家裡的手帕都是媽媽買的，日本進口的手帕材質細緻，花樣秀美，那天的那一條是粉紅色的芙蓉花淺灰色的葉，是因為不想和柯微彤有距離嗎？柴沁當時並沒有細想自己的決定。

柯微彤的父親是退伍軍人，現在擔任倉庫管理員，母親在醫院當護士，和柴沁的家庭確實不一樣，但是這對她們這樣年齡的同性友人來說，並沒有影響，柴沁卻兀自留意起。兩個人走出戲院，下午四點的陽光耀眼，潑灑在騎樓下，她們沿中正路走向平等街，柯微彤說去吃三樣冰，柴沁從未吃過，巷子裡搭的棚子，店家檯子上有二十幾樣材料可供挑選，柯微彤熟門熟路地選了仙草、綠豆和芋頭，她向柴沁解釋，之所以叫三樣冰就是因為可以任選三樣搭配剉冰和糖水的材料，柴沁選了鳳梨、愛玉和甜玉米粒，柯微彤說：「你喜歡鳳梨。」柴沁沒有回答，她覺得與其說是喜歡鳳梨酸酸甜甜的味道，現在可能更多是因這溫柔的淺黃色是她對柯微彤的聯想。柴沁吃著愛玉，軟滑的口感緊貼著她的唇舌，柯微彤說：「電影裡達斯汀・霍夫曼在廚房做早餐，一開始手忙腳亂，一片狼藉，做父親的對兒子一無所知，要是我媽決定出走，在我家就不會這樣，我爸的飯做得可比我媽好吃。」

「我爸從不進廚房。」柴沁低著頭，她沒說其實她媽也不進，家裡有佣人，所以她的便當菜總比別人精緻，精緻但不一定好吃。

「我爸蔥油餅做得特別好，下次你來我家吃。」

柴沁看了柯微彤一眼，沒有回應，反而說：「到後來父子感情融洽，卻又不得不離別。」她說的是電影，柯微彤說：「這世界就這樣。我爸的韭菜盒子更棒，一定要嘗嘗。」

後來，柴沁真的去微彤家吃韭菜盒子，她的爸爸豪爽熱情，媽媽沉靜有點冷淡，微彤像誰多些呢？原來她還有一個雙胞胎弟弟，長得很高。柴沁說：「不像。」微彤輕輕推她一把：「你傻啊，我們是異卵雙胞胎，才會不同性別啊。」微彤家很小，只有兩個房間，大的那間爸媽住，小的那間微彤住，弟弟放庾只能在餐廳一角搭張床，床旁是書桌，所以吃飯也在客廳。

微彤爸爸做的韭菜盒子果然好吃，韭菜特有的辛香混合著蝦米的鹹鮮、雞蛋的滑嫩，拌進粉絲的滑溜，一起包在煎得熱香的麵皮裡。吃完，微彤拉柴沁進她房間，拿小時候的照片給她看。房間小，柴沁坐在床上翻相簿，微彤挨著柴沁，突然側過臉親了柴沁，不是親額頭臉頰，而是她的唇。柴沁嚇了一跳，首先想到的是嘴裡還有韭菜的味道，不知道微彤有沒有聞到，卻忘了微彤也剛吃了韭菜。

柯微彤說：「人如其名原來說的就是你，真真是沁人心脾。」說著，她湊近她，呼吸著她身上散發的香氣，手指輕輕搔刮著她的手臂。柴沁身上混合著香皂和初夏含笑花的氣味，柴沁從此總喜歡在出門前摘下清晨初綻的含笑放進口袋。

那天回家後，柴沁反覆回想微彤靠過來的那一刻，她雙唇柔軟的感覺，她慶幸去微彤家前剛用綠野香波洗過頭髮。一開始她沒有這是不是同性戀的疑惑，她覺得這是一種試探，好奇接吻是什麼感覺，兩個女孩彼此嘗試探索，比和一個男孩安全，所以接下來微彤觸摸她的胸部，甚至探進她的裙子，慢慢靠近她兩腿間，她一陣觸電似的酥麻，接著感覺到自己濕了，她都是這樣想的。

大學聯考放榜，微彤沒有考入兩人原本約好在台北的大學，她們說好一起租房住的，微彤進了新竹的大學，後來柴沁才知道，微彤在高三下認識了小唯，她們一起去了新竹。她知道了，從同學那聽說，卻不相信，偷偷一個人坐國光號去新竹，在校園裡等，等了大半天真讓她看見了，微彤伸手輕輕揉著女孩的頭髮，女孩個子嬌小，模樣清秀，柴沁想衝上前質問，卻又不知該怎麼問，躲了半天，佯裝從台北來找微彤，對於小唯的存在，她想假裝不知道。果然微彤也沒提，帶她去吃炒米粉貢丸湯，沒有了親密，取而代之是極力隱藏的焦急，顯然是怕小唯發現，柴沁怎麼想對微彤已經不再重要。

正在服兵役的路達從媽媽那裡聽說，柴沁的媽媽問他有沒有合適的男同學可以介紹給柴沁，也好多個照應，於是路達想起在讀研究所的杜青肇。他趁著休假回台北，約了柴沁看電影吃飯，當然杜青肇也一起出現了。電影看完，路達尋了藉口撤走，留下柴沁和杜青肇單獨相處。他們在西門町的一條龍吃蒸餃，杜青肇盛了一碗酸辣湯給柴沁，她喝了一口，微微的酸，微微的辣，熱燙燙的滋味。她想起小時候，路達幫她解決過的麻煩，那時她認為一個男人帶來的麻煩，可以讓另一個男人來解決，這樣的思路換在柯微彤身上是否也適用呢？她的腦子裡浮現小唯，她就像畫皮裡的狐狸精，雖然吞了人心，但是滿臉無辜童真。

吃過飯，杜青肇送她回學校宿舍，九點左右，許多女孩進進出出，杜青肇租的房子也在學校附近，他約了星期六帶她去爬山，大屯山，他說有美麗的海芋。柴沁喜歡海芋，柯微彤也喜歡，但是像杜青肇這樣壯碩的理工男，實在沒法聯想到纖柔潔白的海芋。

週末一早，杜青肇騎著摩托車來接柴沁，到了海芋田殷勤地為她拍了許多照片，這是路達教他的，等照片洗出來，送照片又可以順理成章再見一次，如此往返正好培養感情，這是習慣了手機拍照後立刻發給對方的世代不理解的周折手法。

下山前，杜青肇還買了一把海芋給柴沁。

黃昏的女生宿舍門口，捧著純白海芋的柴沁長髮熠熠生輝，杜青肇說：「後天我們去吃麥當勞，看照片，好嗎？」

柴沁並沒有答應，只是也沒有拒絕。兩天後的麥當勞窗邊，柴沁吃著冰淇淋，她不得不承認杜青肇的照片拍得很好，不但捕捉到了她的神韻，還拍出了唯美的神采，這樣的拍照技術，應該可以擄獲不少女孩的心，怎麼他卻沒有女朋友，路達說：「杜青肇可不是誰都看得上啊。」柴沁不需要問，也可以想像路達會這麼回答。

杜青肇買來一大盒麥克鷄塊，芥末醬、酸甜醬打開放在柴沁面前，說：

「不知道你喜歡哪一種口味？」

柴沁的眼光停留在照片上，她聽到有人喊學長，抬頭一看，覺得眼熟，是她見過的人，那人也認出了她，說：「柴沁，我是柯放庾啊，放榜時我就發現我們成了同學。」

是柯微彤的雙胞胎弟弟，他捧著牛肉漢堡和可樂，大剌剌地坐了下來，嘴裡嚷著：「真巧。」接著自顧自看起照片，忍不住連聲讚嘆，杜青肇只好招呼他吃雞塊。他倒也不客氣，邊吃邊問：「我們社團辦活動，讓我設計海報，我正愁沒有照片，這張可以讓我用嗎？攝影師和模特兒都在，你們要是幫我這個忙，週末我請吃牛排。」

「一頓牛排就想打發我們，這麼美麗的女主角，你上哪找？」

「再加一頓火鍋。」

杜青肇和柴沁心中各自盤算著，杜青肇想，這下又可以很自然的繼續約會，雖然不是單獨碰面，但是勝在自然；柴沁則想，如此一來，她又重新回到柯微彤的世界了。

是的，她竟然遇到柯放庾，當時微彤沒和她考進同一所大學，但放庾卻考進了，原來這是人生的伏筆。

海報在校園裡貼出之後，柴沁一下子聲名大噪，甚至被封為校花，許多人慕名打探，雖然有人親睹風采後酸酸的說：「是攝影師的技術好，本人沒有照片美。」柴沁聽了也不在意，只是她和柯放庾正式走近了，有些略知緣故的同學於是批評起放庾橫刀奪愛，搶了學長的女友，流言非但沒阻止他們，反而增強了義無反顧的心。路達放假回台北再度蹭進校園找柴沁：「這是怎麼回事？你該不是腳踏兩隻船吧。」路達覺得眼前的柴沁和當年纏著他撒嬌撒賴的妹妹已經判若兩人，柴沁說：「我是和杜青肇出去過幾次，但從未開始交往，只是學長的關係。」

「我懂了，所以你和那個姓柯的，是交往的關係囉。」

柴沁不語。

「你放心，感情的事不能勉強，杜青肇有他的驕傲，絕不會纏著你。」

不，別人其實不懂，柴沁和其他喜歡柯微彤的女孩不一樣，她們喜歡的是女人，而她喜歡的只是柯微彤。柴沁開始和放庾交往，放庾雖然和微彤是異卵雙胞胎，但是手和腳卻長的極像，只是放庾大些黑些，當放庾的手指穿過柴沁的髮絲，她便升起一陣熟悉，人家說身體也是有記憶的，她相信。

大學畢業時，放庾原打算服完兵役找到工作就結婚，沒想到，柴沁懷孕了，於是他們先結了婚，放庾才去當兵。柴沁的爸媽自然是不情願的，他們看不上柯放庾的家世，可女兒已經懷孕了，也只能認了。婚後，柴沁仍然住在娘家，倒也很少有機會見到微彤，即使放庾休假時，偶爾和公公婆婆一起吃個飯，微彤多也不在。直到柴沁在放庾家過第一個年，微彤才在年夜飯時坐在柴沁身邊，柴沁的另一邊是放庾，放庾殷勤佈菜，微彤喝了一點酒，說：「當初帶你回家吃韭菜盒子，沒想到吃成了弟妹。」說時望著柴沁，水汪汪的眼神，柴沁不禁想起中學許多朝夕，此時她已有七個月的身孕，她不想在孩子出生前預先知道性別，於是準備的器物衣衫多捨粉紅淺藍而選鵝黃色，柯微彤最初給她的聯想就是鵝黃色，不是適合男嬰的淺藍，也不是女嬰的粉紅，這孩子不論男女，都將留著與柯微彤接近的基因。

柴沁曾經希望自己是和母親不一樣的女人，不是指母親喜歡男人，而她喜歡女人，不是的，而是她要為自己的人生做決定，生一個帶著她喜愛的人基因的孩子，而不是像她母親基於包含經濟條件的多方考量嫁給她父親，他們真的彼此相愛嗎？還是因為家庭的責任所以綁住了彼此呢？童年時代柴沁便隱隱覺得父母之間缺乏親暱，他們總是客氣中有著疏離，住在一個屋簷下卻彼此瞭解有限，最最相干的是共同擁有並養育一個女兒。

柴沁也生了一個女兒，柯放庾很開心，柯微彤聽說後來醫院看姪女，柴沁帶她去嬰兒房，兩個人站在玻璃窗外凝視著包裹在粉紅布巾裡的嬰兒，柴沁說：「她們都沒法像我這樣，生一個有著你的基因的孩子。」

柯微彤愣了一下，隨即意會到了柴沁的意思，她冷下臉說：「變態。」走廊上，柴沁望著微彤離去的背影，小唯已經不在她身邊了，那美麗純真的狐狸精，微彤有過多少女人都好，以後她會明白，柴沁的孩子對她而言無可取代的意義，她將在這孩子身上看見自己，看見愛她的柴沁，永不分離。

誰修改了你的人生

找回來的東西真的就和
原本錯失的一模一樣嗎？
他的同學全部換了一批，
遇到的人認識的人愛上的人
有心結的人成為莫逆的人
都不一樣了……

屏昀與安然其實是不認識的。

夏季裡的一天，屏昀出生了，在台灣北部的一所醫院裡。十二個小時後，安然也出生了，在同一所醫院裡。他們先後送進育嬰室，中間隔著另一個嬰兒，他們聆聽過彼此的哭聲，當然兩個人都不記得了。

安然十八歲，他在校成績很好，老師們都認為他考上前三志願不是問題。聯考依序進行，最後一天考試，午餐時間安然在考場附近的快餐店吃了一份招牌飯，他的心情很輕鬆，對於下午的最後一科考試他自覺十拿九穩。吃完飯，他去餐廳旁邊大樓的洗手間，十分鐘前參加同一場考試的屏昀才從同一間廁所出來，開門鎖時不小心過度用力造成門鎖損壞，屏昀沒發現，逕自走了，他也要參加下午的考試。十分鐘後，安然進了廁所，門關上，壞掉的鎖卡住了，當他要離開時發現門打不開，才知道鎖壞了，他用力敲門大聲呼叫，心急如焚，等到終於有人聽到，找來工具撬開門讓他出來時，他已經錯過了入場考試時間。

放榜後，安然從原本的前三志願落到了一所三流私立大學，他不甘心，決定重考，經過一年的苦讀，他如願進了第一志願。雖然為平白耽誤的一年懊惱過，但至少他拿回了原本屬於自己的東西，即使年輕，安然也知道人生裡有很多東西是一旦錯失就再也尋不回的，他願意將眼光落在自己幸運的那一面。

但是，找回來的東西真的就和原本錯失的一模一樣嗎？安然不知道他的人生已經悄悄發生轉變，早一年讀大學和晚一年讀大學，從整個人生來看也許不覺得有太大的差別，但是他的同學卻全部換了一批，遇到的人認識的人愛上的人有心結的人成為莫逆的人都不一樣了，他此後的人生究竟發生了多大的轉變，根本難以評估。

進入大學後，安然原本計畫大三前往英國當一年交換生，交台灣的學費讀英國的大學，太划算了，沒想到這一項兩校簽訂的合作計畫卻在他剛升上大二時終止了。安然有些失望，他的家境若要留學歐洲實在感到吃力，他心裡不禁浮現聯考時的遭遇，若是他能在第一年考進這所學校，以他的成績肯定能前往英國。助教看他失望，於是說：「學校有另一項合作計畫，去日本，要不你申請去日本交換一年？」安然只思考了片刻，立刻報讀了學校的日文班，苦讀一年，秋天開學時去了大阪，雖然和他原本的計畫不同，但他想這無論如何也算是人生的開拓。剛安頓好，女朋友筱婕就迫不及待來看他，對於他來大阪一年，筱婕其實是滿心不願意，他們是班對，原本每日出雙入對，形影不離，如今他來了大阪，筱婕就落單了。趁著筱婕來，兩人一起逛大阪玩了幾日，筱婕返台前一天，安然帶筱婕去逛TWIN21，MID大樓三十八層有可以欣賞夜景的天星餐廳，他們消費不起，筱婕站在餐廳看板前和安然說：「以後我們有錢了，再來。」安然攬著筱婕肩膀的手緊了緊，算是一種承諾。

然而，遠距離戀情容易生變，筱婕不免擔心，兩人每日視訊成了固定習慣，安然因為忙於功課，在同學介紹下又有了一個週末實習打工的機會，視訊的時間於是愈來愈短，引起筱婕不滿與猜疑。事實上，介紹安然打工的的確是一個女同學靜子，靜子母親來自台灣，所以能說中文，幫了安然不少忙，她的熱心是否出於好感，安然並不多想，但是筱婕的直覺使得她耶誕節時再度來到日本。這一回安然沒再像上次她來時天天陪她，他有許多要忙的事，過完新年筱婕要回台北了，她說：「至少我們去中之島公園逛逛吧。」安然答應了新年的第一天一起去，結果一早公司的網路有異，他接到電話去協助處理，他和筱婕說忙完就和她去中之島，不想，主管又讓他和靜子去幾個客戶那送禮，結果忙完已經是下午四點。筱婕滿心不高興地搭上翌日回台的班機，下機後打開手機，竟然在臉書上屏昀的照片裡看到安然和一個陌生的女孩，筱婕不認識屏昀，但他們有共同的臉友，屏昀也在新年假期到大阪玩，安然就這麼不經意地出現在他拍的大阪街景裡。

筱婕和安然大吵一架。筱婕認定安然劈腿，安然覺得筱婕無理取鬧，兩年的戀情因此畫上句號。原本對靜子無意的安然，在異鄉失戀的苦悶中，竟和靜子擦槍走火，等到一年交換生期滿回到台灣，靜子說懷孕了，安然嚇得不輕，他大學還沒畢業，何況還要服兵役，總不能現在奉子成婚。靜子懂事地說：「你不要擔心，我朋友可以陪我去手術。」一個二十歲的女孩為他墮胎，更何況他還是她第一個男人，他必須作出承諾，於是他說：「等我服完兵役，我們就結婚。」

安然知道自己喜歡筱婕更多一些，但是他必須負責任，他想起同寢室的室友曾說：「這就像是在超市，你不小心拆開了一盒水果糖，你就必須付錢買下那盒水果糖，即使你真正想吃的其實是巧克力。」

安然二十六歲時和靜子結了婚，依女方的要求，他接受了靜子父親為他安排的工作，正式開始日本的生活，晨起搭地鐵上班成為每日例行的開場。春季裡的一日，他申請了公司的外派工作，上午將和高層面談，他特意修飾過，希望好印象能為自己贏來加分。到達地鐵站入口處，走在安然前面的男人手機響了，他因為接電話停住了腳步：「屏昀，你那邊進行的怎麼樣？」一魚貫進行的人流中，突然出現停頓，安然猛地撞上男人，兩個人的東西散落了一地，安然忙著撿拾，幾頁紙被夾著櫻花氣息的風吹走，不知道是從安然的袋子裡掉出還是男人的？男人說完電話，加入手忙腳亂地撿拾，地鐵站口原本等速進行的隊伍至此必須分流，場面更顯混亂，終於兩人起身恢復前進，到得公司安然發現準備的資料少了一頁數據，他失去外派新加坡的機會，為此懊惱不已。

安然希望外派新加坡，不僅是工作上的考量，還有家庭因素。靜子的父母對他們的生活有發表不完的意見，面對他們的指手畫腳，他既疲累又厭煩，為此他和靜子也冷戰了好幾次。原本他希望生個孩子可以改善，沒想到孩子出生後，四人三方的口角只增不減。安然愈來愈常留在公司加班，靜子的抱怨也愈來愈頻繁，他發現爭吵時妻子並不如她的名字那般文雅，而冷戰時她倒真如她的名字一般寂涼無聲。

捱了大半年，公司又有外派機會，不過這一回不是新加坡，是上海。公司這一回在舉辦徵選申請前，先進行內部徵詢，從上一次提出申請的名單中選擇適合的，安然的台籍身分，流利的中文使得他脫穎而出，他獲得了外派。想不到的是岳父反對靜子和孩子同他一起去上海，家裡再度發生激烈的爭執，後來靜子以安然先去，安定下來後，她和孩子再去作為決定，結束安然和岳父間的紛擾。

面對岳父岳母的占有欲，安然已經失去耐性，他隻身履新，至少在上海可以得到清靜自在，不用週末到岳父母家吃飯，不會回家想要脫掉衣服喝杯啤酒休息，一推門看見岳母正在客廳看電視。公司安排上海的住處比他在大阪的住處足足大了一倍，景觀也好，回到中文的世界裡，很快的，他如魚得水，忘記靜子不肯同來的不快，不論小餛飩生煎包的庶民組合，還是米其林星級享受，他確定自己接受外派的決定是正確的。

一年後，靜子帶著孩子來了，很快的，靜子懷了老二，岳父母的意見又來了，堅持靜子回大阪待產，於是靜子懷孕六個月的時候，又帶了孩子回日本。

安然身邊不乏麗人，美麗獨立還善解人意，從討論工作發展到加班後一起消夜泡吧，安然的婚姻終於還是出現了第三者，不，第三者其實更早已經出現，就是他的岳父母，他們一直是他婚姻的第三者。雖然有了婚外情，安然不想離婚，他瞞住靜子，但是和女友說得很清楚，他不會離婚，像很多自認負責但其實自私的男人一樣，他要孩子在完整的家庭裡成長。

他的外遇還沒影響到他的工作和家庭，意外撞見老闆的外遇卻先使得他遭到又一次調派。

十一假期，公司放假，安然因為靜子帶著兩個孩子來了，自然沒有和女友約會，他陪著靜子和孩子逛街，午餐選的是一家上海餐館，下了出租車，孩子的鞋掉了，安然撿起為孩子穿上，屏昀帶著另一組人已經先到了餐館門口，坐在了館子裡最後一張空檯。當安然帶著妻兒來到門口，領檯說：「先生，目前客滿。」安然只好轉向隔壁一家奧地利餐廳，靜子說：「這家挺貴的。」安然回答：「難得一次嘛。」當然外派的工資比原本提高了不少，所以安然底氣也足了不少。坐定後，安然和靜子研究菜單，兒子已經不安分的好奇張望，稍不留神，竟然和別人家的小女孩玩將起來，安然去把孩子牽回來，女孩的爸爸也來牽孩子，安然看清楚女孩喊多桑的人時，他真後悔該讓靜子來牽兒子，竟然是他五十好幾的老闆，他在日本的兒子都上大學了。

一個月後，安然被調到了越南，當他接到調派通知時，他心裡浮現的念頭是十一那天堅持吃上海菜就好了。他的婚外情畫下了句點，好不容易同意靜子帶孩子來上海的岳父母，則又開始反對靜子母子到越南。

在越南一年，靜子的父親找到關係，要將安然調回大阪總公司，事前卻未和安然商量過，總是自以為是的岳父母愈來愈讓安然覺得難以接受，他是不想待在越南，但他也不想回大阪，他正積極運作，希望一年後可以調首爾。聚少離多，歧見不斷，冷戰熱吵，安然和靜子的婚姻越發難以為繼。在他如願接到調派首爾的通知後，靜子提出了離婚，他原以為這可以是他們婚姻的一個轉機，沒想到這轉機是轉向分離，而非聚合。

依然是夏季裡的一天。

安然坐上巴士，來香港開會的他要搭中午的飛機回台灣，巴士剛上高架路，就遇到嚴重的壅堵，四十幾分鐘過去，平常十分鐘就能走完的路程還沒完成。他聽到車上有人說，一定是前方撞車了，終於巴士來到青馬大橋入口，剛上橋就看到發生追撞的兩輛車，一輛行李箱凹陷，一輛保險桿掉落，引擎蓋微掀。安然想，不知道是前車猶豫時不覺減速而後車來不及反應，還是後車閃神不覺加速造成這起事故，兩方駕駛都離開了車子，警察正在現場處理，看來沒人受傷，卻耽誤了上百輛車裡上千人的時間，安然的飛機是趕不上了，只能排候補機位。

站在路邊的屏昀無奈地回答著警察的問題，怎麼會發生追撞，他開車一向謹慎，他不知道，安然正與他擦身而過，如同三十五年前的那一個夏日。

安然到機場，原本十二點的飛機已經截止報到手續，他到候補櫃檯，還好今天機位還算寬鬆，他排到了一個半小時後的班機，他不知道就是這一個半小時的差異，他的人生又將改變。完成通關手續，安然在機場免稅店為母親挑了一份禮物，登機後找到位子，將隨身行李放入行李廂，坐下後他開始翻閱報紙，然後感覺到旁邊座位的乘客落坐了，他趁翻報紙時偏頭看了一眼身旁的座位，是筱婕？他怔住了，放下報紙，定了定神，再看一眼，真是筱婕，筱婕也意識到停留在自己身上的目光，畢業後十二年，兩人第一次相遇，安然離婚一年，筱婕離婚四年，兩人都尚未展開新戀情，在高空相遇的一瞬，他們不約而同想起了年輕時的約定，等有錢了要去天星餐廳看夜景。

屏昀與安然，他們其實是不認識的。

鯨頭鸛紮著蝴蝶結

她曾經怨恨父母遺傳給她的外貌，
她的兒子則想要拋棄與生俱來的性別，
站在荒野中的她，
思索著何者更讓人受傷？
他們也只是想用自己
能接受的方式活下去，
為什麼有人要對別人的
人生指指點點而無法專注
於自己的人生呢？

她計畫出國旅行，去蘇丹還是剛果呢？去蘇丹的話，香港出發在杜拜轉一次機，大約飛十九個小時可以抵達。去剛果的話，得在巴黎、米蘭、卡薩布蘭加等不同機場轉機兩次，飛行時數三十小時，機票也貴不少。她盤算著，兩個地方她都所知有限，那麼去蘇丹至少容易些。

位於非洲東北部的蘇丹，國境一頭是紅海，一頭是撒哈拉沙漠。她上網搜尋關於蘇丹的旅遊資訊，而她之所以捨日本紐澳歐洲這些大家喜歡的旅遊地區，動念去冷門的蘇丹或剛果，不是因為她是什麼旅遊達人，而是因為一種看起來不像鳥的鳥——鯨頭鸛。

上中學的時候，君君第一次知道有這麼一種鳥，不是在自然課或生物課上知道的，而是她發現同學們為她取了綽號，在背地裡這麼喊她。她回家後上網查，鯨頭鸛主要棲息在尼羅河上游或東非熱帶人跡罕至的湖泊、沼澤地帶。而電腦螢幕出現的鯨頭鸛照片令她驚詫，當場嚎啕，原來她在別人眼中如此醜怪，她哭著跑到鏡子前端詳自己看了不知多少次的面容，碩大的鼻子，狹小的雙眼，過長的下巴，黝黑蒼黃的膚色，她知道自己不好看，但是如今她瞭解不好看還是安慰的說法，她長得醜，很醜。

她的外貌成為此後人生的障礙，從小就沒人稱讚她可愛，隨著年齡，外貌對她的傷害日益加劇，她恨她的父母，提供她基因的兩個人，也許有人會說：雖然他們不好看，但還是遇到了真心相愛的另一半。她卻覺得長得如此難看的人，自己默默過日子就好，何苦再生下同樣難看的孩子，承受別人的冷眼嘲笑。

君君在學校成績不算拔尖，但總還是中上，家境不算富裕，但是吃穿用度足夠，她的人生原本應該還算幸福，如果她不是生得如此醜怪。然而美醜是相對的，眾人以為皮膚白皙如剝了殼的白煮蛋，眼睛大而亮，鼻子高挺小巧，粉紅雙唇尖下巴是美，殊不知世界上會不會有一個地方認為是醜呢？但有又怎麼樣？到哪去找？她不知道，她只知道自己存在的世界是以她為醜的。因為醜，她雖然有朋友，但是那都是對方退而求其次之後的選擇，好比高中時的小戚，她們放學一起等公車，中午一起吃飯，因為小戚怕別人發現她爸爸失業，媽媽有躁鬱症，讓君君知道卻沒關係，反正無論如何小戚都贏過君君，因為君君那張臉。

高中畢業後進了大學，君君雖然長得不好看，但她和其他女孩一樣喜歡美麗精緻的飾品，蝴蝶結髮式、心形鍊墜、綴著花朵的粉紅雙肩包、蕾絲袖口荷葉邊裙襬，她並沒有妄想因此會得到讚賞，她只是喜歡這些美麗的衣飾配件，卻聽到同學背後說：「長得那副尊容，就應該低調些，T恤衫牛仔褲，盡量藏在人群裡不要被看到啊。」另一個幫腔道：「這就叫醜人多作怪啊。」她不想把時間用在那些不是真心喜歡她的朋友身上，她四處打工，想要存錢整容，她曾經認為整容的費用應該爸媽出，那是他們欠她的，但是爸媽說外貌不重要，內涵才重要，更何況整形是有風險的，他們寧願用積蓄為她買一層樓，雖然不大，卻可以讓她將來的生活輕鬆些。她聽了之後大聲狂叫，他們以為將她藏起來，不讓別人看見她的醜，就算是對她有安排了？

存了三年錢，在大學畢業前她去了韓國，她希望以嶄新面貌進入職場，一刀割斷過去。醫生用電腦模擬，和她說明需要進行哪些手術，改造工程遠比她以為的巨大，不但她存的錢不夠，她也懷疑自己是否能承受一次又一次的痛楚，原來過去不是一刀能割斷的。醫生看她陷入糾結，語重心長地說：「人想改造自己需要長期努力，沒法一蹴可幾。」接著建議她先從簡單的嘗試，好比開眼頭縫雙眼皮，讓雙眼大些也有神，至於下巴削骨，不妨從長計議。她接受了建議，復原期過後，她望著鏡子，覺得原本的鯨頭鸛彷彿升級有了雙貓頭鷹的眼睛。

後來她得知有一個電視購物主持人，整容十次才換得現在的模樣，大眼睛菱形嘴尖下巴，她重又燃起鬥志，是的是鬥志，而不僅只是信心，她要和老天給她的外貌戰鬥。從學校畢業，以嶄新面貌進入職場的心願沒能達成，但是她願意從正面思考，現在她賺錢的時間比過去多，就意味著她距離目標又進了一些，然而求職面試一再遭拒，媽媽說：「這家電信公司的客服部在招人，也許你可以試試，你的聲音很好聽。」君君知道潛語言是每天負責接電話回電郵的工作正適合她，因為沒人會看到她的長相。

她寄出了履歷，面試後果然得到這份工作，開始每天處理客戶的投訴，以及各種光怪陸離的疑難雜症。她悅耳的嗓音加上無比的耐心，使得她獲得許多好評，主管也肯定她的工作態度，那些平常在現實世界裡曾因為自己的容貌占過便宜的美麗同事們，難免有些刁鑽而耐心不足，但是當電話與電郵無法顯出她們的優勢時，君君就贏了。

有了穩定的工作，君君的爸爸媽媽放心不少，以為她逐漸會忘卻關於自己外貌種種不當的想法，但是當她累積了足夠的休假，她立刻飛往韓國進行下巴削骨手術，為了存這筆錢，她總是自願假日值班好賺取加班費，但依然不夠支付手術費，預約手術時間時，診所告訴她信用卡支付亦可。麻藥退後的疼痛令她想死，但是那種距離目標又近了一步的期待支持著她，紗布拆掉後，她整張臉依然腫脹，醫生說，消腫後才能看出手術的效果。整形加上術後無法進食，當她離開韓國時整整瘦了三公斤，她覺得自己的外觀有了改善，雖然沒法達到瓜子臉，但是稍稍有了蛋型臉的輪廓，原本整形後似貓頭鷹的雙眼也不再如先前那般突兀了。

君君原本有些擔心當同事發現她利用休假去整形時，她應該如何回應，沒想到竟然沒人當面問她，是她們根本完全不在意她，還是她們更願意選擇背後議論？無所謂，君君其實也不在意她們的看法，等她完成整形後，她會另覓一份能夠見光的工作，當君君這樣想著時，她卻並未疑惑那些長得不錯的女同事為何屈就這份只出聲音看不到臉的工作。

當君君計畫下一步要去整鼻子時，她發現經常接到同一個男人的電話，她聽得出男人的聲音，她懷疑男人不是真的要投訴或是詢問，而是想和她說話，因為他和她說的內容逐漸偏離了公司提供的服務，後來他甚至在電話裡和她說：「轉接服務人員後，我一聽不是你的聲音，就掛掉重撥，重撥了五次才轉到你。」男人說：「我們可以一起吃飯或喝杯咖啡嗎？」這是第一次有異性向君君提出約會，然而他卻根本沒見過她啊。

君君委婉地拒絕了，男人並沒有放棄，依然打電話來，君君提醒他談話內容是有錄音的，男人不以為意，他的行為並未觸及法令，君君有些被打動，畢竟從來沒人追求過她，他是第一個。他告訴她自己叫向翎，君君覺得這是一個有深度的名字，她想像男人有良好的家世和害羞的性格。向翎從事ＩＴ業，和人的接觸很有限，所以不擅交際，一個月後，君君答應新年和他一起看煙花，這樣她還來得及在新年前去做鼻子整形。

下班後，君君經過銅鑼灣一面無比碩大的電視牆，液晶螢幕上竟然是鯨頭鸛，那是一集介紹動物生態的節目，畫面中鯨頭鸛正潛入水中捕食肺魚，前端呈鉤型的喙可以勾起黏滑的肺魚，鯰魚、甲魚、水蛇、蝸牛、青蛙等也是牠們的食物，捕食時會將身體隱藏在茂密的草叢中。一個孩子經過看到畫面中的怪鳥，停下腳步和他的父親說，你看這鳥真醜，上帝造牠時一定正在生氣，他的父親聽了跟著兒子一起笑了起來，彷彿有多麼值得開心的事。

君君霎時覺得血液往上衝，這些在別人的劣勢上尋找自己樂趣的人，老天造他們時又是什麼樣的心情呢？螢幕上被放大了的鯨頭鸛渾然不覺地仰頭吞下肺魚，魚掙扎著，鯨頭鸛毫不遲疑意志堅定地吞下魚，但在君君眼裡那吞嚥如此艱難，鯨頭鸛狹小的眼睛卻流露出一絲滿足。回家後君君立刻訂了前往韓國的機票，上次下巴的削骨手術已經將她的積蓄用罄，這次她決定全部費用都以刷卡付，然後再慢慢分期償還。

為了能讓向翎看見更好的自己，她和向翎解釋她所說的新年一起看煙花是農曆年，不是新曆年，而她因為整形，前後已經在三張信用卡上積累了二十多萬港幣的債務。

終於到了農曆新年，整形加上減肥，君君的外型確實有了顯著的變化，他們在維多利亞港邊二十一樓一家澳洲餐廳碰面，從向翎看到自己第一眼的眼神，她得到了肯定，但是對於向翎的五官，她卻不滿意，還好向翎的職業可以加分。兩個人穩定的約起會來，半年後向翎求婚，君君答應，沒有驚喜浪漫的橋段，結婚戒指是兩個人一起挑選，向翎刷卡，但至少是蒂芬妮的，漂亮的蒂芬妮藍盒子和白絲帶蝴蝶結已經滿足了君君的夢想，更何況盒子裡那一枚經典款六爪鑽戒。

婚宴上，向翎的爸媽領著他們和親戚敬酒，向翎伸直脖子飲盡手中的酒時，穿著紫紗蓬裙禮服的君君忽然明白為什麼一直覺得向翎有些眼熟，以前她以為那就是緣分，今天她才發現他長得像鵜鶘，伸縮自如的喉囊平時並不顯露，捕魚時卻可以張成一張大兜，與生俱來的便利，和鯨頭鸛一樣外型特別，雖然送子鳥的傳說讓鵜鶘討喜些，但在鳥類世界都不是孔雀彩虹鸚鵡一掛的。

君君沒能如願轉業，這大約是她生活裡的缺憾，她卻沒有意識到信用卡債務利滾利後膨脹的金額，已經不是她微薄的工資能應付的，為了維持自己的外貌，即使沒有大刀闊斧的舉措，她仍在支付新的帳單，而這些向翎都不知道。向翎也不知道君君原本的樣貌，他曾提起想看君君成長的相片，君君謊稱存在電腦裡，結果電腦壞了，不想向翎說：「那多可惜，我幫你看看也許能救得回。」君君立刻斷了他的念想：「電腦都壞了，當然就丟啦。」向翎失望了一會兒，靈機一動說：「我們生個孩子吧，最好像你，那我就可以看到你的成長了。」

君君大驚，她已經相信自己就是鏡子中看到的模樣，忘了真實的基因卻是會在下一代身上暴露的，她可以預見如果生下一個擁有他倆基因的孩子，那孩子將來也會如她過去一般怨恨父母。所以她繼續吃避孕藥，當向翎生一個孩子的渴望愈來愈強烈，君君皮包裡的那盒粉橘色為怕遺漏標示著日期的小藥丸，使得他們第一次發生劇烈的爭吵，向翎奪過藥丸一顆顆撥出擲入沖水馬桶中隨著水渦沖走，卻沖不走兩人心裡各自理直氣壯的激憤。翌日，君君索性到診所植入皮下避孕器，這是一種在體內可以長期作用的投藥系統，持續釋放聚合物內所含的藥物，也就是黃體素，抑制排卵的同時，還可使子宮內及子宮頸黏液變濃稠，阻礙精蟲前進。向翎每隔數日奮戰一次，注意飲食運動不菸不酒，以維持精子的品質，他不知道自己做的全是徒勞無功。當向翎完成最後一波衝刺，躺在她身旁喘息時，君君想像著那眾多蝌蚪似的精蟲陷身黏液的狼狽姿態，不是她不近人情，剝奪他當父親的權利，是他不懂，鯨頭鸛和鵜鶘的寶寶背負的不幸。

君君計畫前往沼澤，那裡棲息著許多鯨頭鸛，白天隱藏在草叢中，黃昏出來覓食，牠們不鳴叫，鳴管肌已經退化，只能發出嗒、嗒的聲音。鯨頭鸛分布於非洲中央內陸，其中許多生活在蘇丹，身高超過一公尺，像一個孩童般的高度，君君聯想起車站的免票高度標示，有些自助餐廳也仿照同樣的作法。重六七公斤的大型鳥，展翅時接近三公尺，頭尤其巨大，鯨頭鸛是現存頭最大的鳥，君君覺得在牠身上仍然可以看到翼龍的痕跡，為什麼演化過程裡有些鳥羽毛鮮豔身形纖巧，有些卻醜陋笨拙，完全不是中學課本裡讀到梁實秋描寫的穠纖合度啊。

植入式避孕器三年有效，關於不生孩子，向翎還沒意識到君君的堅決，銀行的催繳電話已經先讓向翎發現了另一個祕密，原來這個家的後面隱藏了利滾利積累出的巨大債務。

「我們是夫妻，有困難一起度過，但是你必須告訴我，為什麼你會欠銀行這麼多錢？」

因為不想讓向翎知道她原本的模樣，她說：「我賭馬欠的。」望著瞠目結舌的向翎，君君補了一句：「我不賭了，從此都不賭了。」

向翎幫著君君還了卡債，從不賭馬的君君確實是都不賭了，但她為了維持容貌依然不時得前往診所進行維修保養，不是大整，但是她的收入全進了美容診所。

就在君君手臂裡的避孕器即將失效時，向翎意外在社群網站上看到一張同學會召集貼文，就是君君讀過的班級，照片裡的君君和每天睡在他身旁的君君判若兩人，他以為是標註錯了，但是心裡又禁不住被開啟了一絲絲疑竇，長久以來在他和君君之間似乎隱藏著什麼他不知道的祕密。趁著君君上班，他翻找君君的畢業證書，就算電腦裡的照片損毀，畢業證書上的總還有，向翎一看嚇一跳，原來他的妻子容貌根本完全變了個樣。為了更加確定，他向岳母表示想在君君生日時送她一份特別的禮物，需要她成長各階段的照片，幼稚園小學中學大學都希望編輯進生日卡，岳母不疑有他，提供了許多照片，這下向翎確定君君欺騙他，不管電腦是否曾經損壞，但她有成長的照片，而且大學畢業以前的她和現在長的完全不一樣。

他忽然想起剛結婚的時候，她曾經和他說，生日、情人節和結婚週年她希望收到的禮物是可以保存的，像是首飾和擺設等，因為每次看到都是一次幸福的回憶。如果是他惹她不開心，作為道歉的禮物，她寧願是鮮花或巧克力，花謝了，糖吃完了就拋諸腦後，不再想起。當時他理解成她的豁達與寬容，美好的記憶希望永遠保存，不美好的片刻，短暫即逝。如今想來，又有了另番感觸，她的容貌不是原產配備，全都改裝過，眼睛鼻子嘴唇下巴都變了樣，花會謝，巧克力會融化，人工雕琢的首飾對她而言，不只是可以保值，而是她嚮往的美本來就不是天然去雕飾，能夠為整形做出付出，對她而言是一種堅持，一種追求，只是她從未告訴過他。

向翎是愛君君的，當然不能說與外貌無關，他問自己，如果當年初次相見，君君以真實面貌出現，他是否依然會追求她？他不忍再往下想，如今已經結了婚，他相信這是緣分，只要他們好好過，日子依然是幸福的。為了不掀起矛盾，他沒有揭穿君君，但是君君已經知曉，因為母親稱讚向翎的用心，從她這取走君君的相片想給她生日驚喜，君君望著母親臉上滿意的表情，完全不解，母親為什麼沒意識到這其中透露的玄機？難道在母親眼中，整形前和整形後的君君無異嗎？

君君生日，她所擔心的生日卡並沒出現，向翎帶她吃了一頓豐盛的晚餐，送她一枚鑲了石榴石的別針做禮物，石榴象徵多子多孫，君君敏感的想著，這是一種暗示嗎？為了彌補她和向翎之間出現的裂痕，現在懷孕應該是最好的辦法，就連避孕器也剛好在此時失效，彷彿上天傳遞給她的提示，她忽然想起鵜鵰本就是傳說的送子鳥啊，這恐怕是向翎無法捨棄的希望。

一年後，君君和向翎的兒子出生，向翎為他取名向偉，看到孩子的第一眼，君君屏住呼吸，她多害怕孩子長的像自己，讓人意外的是孩子不像她，也不像向翎，如果不是才經歷的陣痛，醫生護士都沒出產房，她幾乎要懷疑那不是她和向翎的孩子。小小的嬰兒也許還看不出真正的長相，君君依然擔憂，直到偉偉上小學，她才約略放下心，仔細看偉偉還是像爸媽的，只是基因真的很神奇，缺點的集中和優點的集中，可以展示出完全不一樣的結果；偉偉眉清目秀，和整形後的君君確如一對母子，迷信於整形的君君甚至相信手術不僅改變了她的外觀，也改變了她的基因，原本對向翎的歉疚消失了，她如他所願為他生了一個像自己的兒子。

他們是快樂的三口之家，向翎事業順利，雖然君君仍不時往整形診所進行小工程，但是他們的生活無虞，偉偉的成績也不需要擔心，初中畢業後，進入了理想的高中。他們夫妻倆怎麼也沒有料想到人生另一道關卡竟然在此處埋伏，青春期的偉偉意識到自己其實是女人，他不僅希望可以如女人般穿著，也希望擁有女人的身體。君君原只是以為他發育得比同年齡的孩子晚，所以喉結和變聲不明顯，也沒有鬍子，向翎獲悉後大受打擊，不知所措，一直隱忍沒揭穿君君整形欺騙他，如今卻遷怒君君，他懷疑是那些手術影響了君君，才會使得從她身體誕下的偉偉出現異常。三個人的關係迅速惡化，偉偉每天回到家就將自己關在房裡，向翎則藉口加班深夜才返家。

暑假，偉偉參加夏令營前往英國四週，君君也訂了前往蘇丹的機票，鯨頭鸛，這困擾了她一生的動物，她想去看一看，她這會兒明白了，沒有鯨頭鸛會不滿自己的性別，嫌棄自己的長相，牠們認分的在水中捕食魚，用那雙小眼睛尋找然後以怪異的喙捕捉獵物，活下去和繁衍是牠們不需思考的生活基調。

她曾經怨恨父母遺傳給她的外貌，她的兒子則想要拋棄與生俱來的性別，站在荒野中的她，思索著何者更讓人受傷？他們也只是想用自己能接受的方式活下去，為什麼有人要對別人的人生指指點點而無法專注於自己的人生呢？

熾烈的陽光毫不吝嗇地潑灑在這個國度中為數不多的水域邊，她依然可以感受到沙漠的氣息，三十年前第一次在電視上看到鯨頭鸛時的震懾她依然記得，這些掙扎與委屈向翎不懂，君君現在還想不出一家三口如何往下走，也許當年她以為孩子可以解決她和向翎的問題，不是一個恰當的想法，所以因此而出生的孩子也無法認同自己。

沼澤的溫度持續下降，陽光西斜，金黃的空氣如紗般籠罩著眼前的一切，君君張望著，她尋找不到藏身草叢覓食的鯨頭鸛，她飛了這麼久，來到遠方卻沒能親眼看一看困擾自己的異禽，她站得腳都麻了，過度的曝曬讓她頭痛，喉嚨的乾渴彷彿身體裂了個洞，將自己突出的手腳摺疊吸入洞中，忽然隨風而來一串聲響，她看見碩大灰色的軀體飛上天際，紀錄片裡的鯨頭鸛總是站在沼澤，她忘了牠也會飛。君君驚詫望著天際，原來天上飛翔的鯨頭鸛從仰視的角度來看並不醜怪，她不知道鯨頭鸛的種名 Rex 在拉丁文中意為帝王，恰恰是源自某些人眼中醜怪，但另些人卻懂得其強大的喙。

窗

兩幢平行矗立的樓宇，
於是有了交匯點，
在同樣高度的窗與窗之間，
比手機屏幕看到的別人日子真實，
穿過窗花與玻璃，
是這座城裡不息川流的一點點孤寂。

每天晚上蕪君都無聊地坐在沙發上看電視，對著電視吃晚餐，喝加了肉桂和蘋果片的熱紅酒，以前的人稱這種人為沙發上的馬鈴薯，現在大家改成躺在床上滑手機，她還是蜷在沙發看電視。

其實看的也不一定是電視，節目愈來愈難看，某一天她突然意識到自己的視線更常停留在對面的一扇窗，窗裡住著一對年輕男女，應該是夫妻吧，她猜想。老公有點胖，年紀不大已經有了肚子，缺乏運動也缺乏陽光，一身白膩的肉，他有時光著上身在屋裡走來走去，也許是待會兒要沖涼吧。妻子倒是偏瘦型，總將一把頭髮束在腦後，下班回來後有忙不完的事似的，在小小的客廳裡俐落穿梭，在另兩間房來來回回。

他們的房子格局應該和她的一樣，一開始，她只是在電視廣告時間看那扇窗幾眼，逐漸的她在看那扇窗時偶爾看電視幾眼。女人下班回來，窗子裡的燈亮了，她拎著市場買回來的菜匆匆走往廚房，不一會就端出幾碟菜，放在客廳角落一張小小的折疊桌上，接著老公回來了，他打開冰箱拿出啤酒，拉起拉環猛灌了一大口，回頭說：「新的經理人選發布了，竟然是阿迪，他和我同期進的公司，表現沒比別人好。」說著又喝了一大口啤酒，就這麼兩下，啤酒罐已經空了，他攔腰從中捏扁扔進垃圾桶，忘了資源回收分類。妻子回答：「吃飯吧，我煎了魚，冷了不好吃。」她不想正面回答老公的不平，老公是有野心卻沒能力，更糟糕的是還喜歡偷懶摸魚，她知道的，但她覺得平平安安就好，她不指望他升職。老公又拿出一罐啤酒：「就是得會巴結，拍老闆馬屁。」她盛了飯放在老公面前，自己先喝了一碗湯。

燕君距離對面那扇窗總有十幾公尺，即使開著窗也聽不見窗裡的人說什麼，她只是出於無聊為他們編著對話。她甚至為他們取了名字，男人叫阿勝，女人叫薇薇。

中午，公司茶水間裡擠進幾個等著微波午飯的同事，燕君今天帶的飯盒裡裝的是咖哩雞，微波後散發出明顯的氣味，美嘉問：「你自己做的嗎？」燕君說：「我乾女兒做的。」說得流利又自然，那話像是一直等在燕君嘴邊，只消這一刻吐出。燕君微微愣了一下，怎麼會這麼說呢？「乾女兒？你昨天去她家嗎？」美嘉又問，也不見得是關心，只是反正已經起了這話頭。「是啊，她搬到我這附近了，就旁邊那棟樓。」燕君繼續說著自己也覺得陌生的內容：「她剛出生，我就認作乾女兒，她媽和我是好朋友，移民加拿大，沒想到女兒大學畢業後，公司又將她派到香港。」

咖哩雞是蕪君自己做的，超市裡買的泰國綠咖哩包，加了洋蔥彩椒和切塊去骨雞腿肉，昨天晚餐她吃的也是這個。可薇薇依然做了三菜一湯，遠遠望著，她猜想是番茄炒蛋、洋葱牛柳、培根椰菜和玉米湯，蕪君繼續說：「她約我週末去飲茶。」

「她結婚了嗎？」美嘉問。

蕪君點點頭。

「有自己的家庭，還能記得你這沒有血緣關係的乾媽，不容易啊，我外甥女小的時候我多疼她，現在大了，一年也就見到兩三回，上個月我生日，她連 message 都沒發。」

蕪君聽了，心裡好受些，她的日子是有些寂寞，但那是從來如此。她大學畢業找了工作就搬出家裡，那個家實在太擁擠，爸媽、奶奶，和她擠一間房的姊姊，還有大哥兩歲的兒子，因為哥哥嫂嫂上班，出生後就寄放在爸媽家。一開始她週末還會回家吃個飯，後來姊姊也結婚有了孩子，沒多久，哥哥姊姊各兩個孩子，吃飯像打仗，吵吵嚷嚷，她開始找藉口不回去，逐漸她也相信了那些藉口，工作忙，有應酬，進修上課，她和姪子外甥關係疏遠，雖不至於感到遺憾，但是對於一直單身的她，難免覺得自己錯失了人生中一些她說不清的情感網線，如今聽美嘉的抱怨，又覺得可能也沒什麼好可惜的。

週末，不必上班，蕪君鎮日無事，爸媽相繼過世之後，她連思索是否買點營養品回家看看都不需要了，反倒是想起她隨口瞎編的乾女兒，可對窗看不到任何動靜，大約是不在家，她也決定外出用餐。有著藍白色店招的餐室，她經過好幾次了，生意不算好，但是餐室一面臨街，另一面可以望到海，也算亮點，而且幸運的還有向海的空檯，她點了全日早餐，一隻大圓盤堆著培根香腸煎蛋生菜和一塊黑麥包，她用手機拍了照，發社群網，彷彿真有人陪她用餐。海邊有兩棵椰子樹，一棵直挺挺往上伸展，另一棵卻斜著長，玩耍的人很自然倚著坐著攀爬斜長的樹幹，樹幹越發被壓低了。她默默望著椰子樹，偌大的葉子被風吹得亂顫，隱約似乎能聽到水聲，餐室距離海並沒有那麼近，且沒有下雨，她慢條斯理地飲果汁，喝咖啡，吃煎蛋，目光搜索水聲的來處，是樓上的冷氣機滴水，滴到窗子裝飾的遮陽篷。時間就這樣一點一點消失，她幾乎不敢相信自己已經年過半百，培根有點硬，她放棄咀嚼剩下的培根，在撕開的麥包上抹了奶油，視線停留在海邊的椰子樹，年輕時，她也不曾想過自己的下半生會是孤單度過。

剩下的半杯咖啡完全冷了，有人在等位，服務生提醒她用餐時間是兩小時，她拿出密封盒將沒吃的香腸放進盒裡，她思度著，這是不是也是獨居所產生的習慣呢？如果她有丈夫子女，回家後還要張羅晚餐，兩根沒有吃完的香腸帶回去也是礙事，也許就草草吞下，或者就讓它剩在碟子裡，當然也可能先就被老公吃了。

傍晚，對窗有客人，看起來是薇薇的姊妹，阿勝煎了牛排，還開了紅酒，薇薇的姊妹即使因為距離看不清眉眼，蕪君依然覺出她的風情，薇薇一定意識到，這樣的女人讓人沒法漠視。蕪君年輕時長得也還可以，就是缺幾分風情，個性又算得太清，不願意欠別人人情，也不願意有人占自己便宜，不知不覺與人保持著距離。她看別人婚姻，總覺得有一方是吃虧的，為他們感到不值，她沒看見婚姻的好處，只看見不合算的地方。就像現在，她隔著一棟樓也看得出阿勝在獻殷勤，平日他對薇薇總是有些漫不經心，以為娶回家就可以安心放著，殊不知就連一張桌子也是要擦拭打理。薇薇將盤子收進廚房時，蕪君竟然看見來做客的年輕女人將手放在阿勝胸前，臉對著臉，不知說什麼，她彷彿都能嗅到帶著酒氣的呼吸。

下一個週末，女人又來，這回他們吃火鍋，巧的是蕪君也吃火鍋，其實天氣還不冷，只是超市看著牛肉片不錯，順手買了豆腐金菇魚丸，明天週日還可以繼續吃。蕪君面對窗涮肉片，恍如與薇薇三人同桌，她在碗裡放進一匙辣醬，公司附近雲吞店買的，店裡自製辣醬，不僅辣，還很香，買時她隨口和美嘉說：「我乾女兒喜歡吃辣。」蕪君說完，也覺得自己實在不必多此一舉，她並不需要向誰交代，她的生活也許乏善可陳，但她不希望別人這樣看她，這也不算是罪大惡極吧。平淡的豆腐沾了辣醬一下有滋有味起來，蕪君望著對窗，隱隱感到女人赤裸的足在桌下撩撥阿勝，薇薇卻還一逕幫他們剝蝦。

蕪君不自覺的擔心起對窗夫妻關係，一日她竟然在屋苑花園遇到他們。他們手上拎著購物袋，可能是剛買菜回來，她有和他們說話的衝動，但是話到嘴邊，立刻提醒自己，其實他們是互不相識的。那日晚上，薇薇和阿勝發生了爭吵，蕪君理所當然認為和那個喜歡賣弄的女人有關，她的注意力完全不在電視上了，薇薇說：「你不要以為我不知道你們背著我做了什麼。」阿勝以暴躁掩飾心虛：「你這麼多疑，誰都受不了。」「既然你問心無愧，手機幹嘛要鎖？」「這是基本防護，你不要無理取鬧。」「那你現在解鎖讓我看。」「憑什麼？我有我的隱私。」「沒有鬼，就不會怕人看。」「不可理喻。」阿勝摔門出去，蕪君幾乎想追下樓問阿勝去哪？但又不放心薇薇，只得留下來繼續望著對窗。薇薇拿起電話，不知打給誰，邊說邊比手畫腳，激動得很：「他竟然這樣對我，我真的好失望。」

蕪君不止一次聽同事或朋友說起對婚姻的失望，她不知道是抱著希望，結果換來失望比較糟？還是從來沒有希望，也就不會失望比較糟？阿勝直到十二點才回來，他是出去刪除手機裡的可疑痕跡嗎？薇薇在房裡，燈已經關了，阿勝開燈，拿出哈根達斯冰淇淋，薇薇喜歡的，還沒有消氣的薇薇不理他，他拿出玻璃碗，洗乾淨草莓，端來色澤可愛的聖代，薇薇心裡小小糾結，畢竟冰淇淋是會融化的，而且日子還要繼續，至少他還想著哄回自己，是不是該順著台階下？阿勝軟言道歉，又說了許多蜜語，薇薇張嘴，吃進阿勝餵的冰淇淋，阿勝立刻湊上去吻她，回身放下窗簾，冰淇淋終究沒吃完，等被單下火熱纏綿過，草莓裹著化了的冰淇淋一起落肚。

燕君後來想，薇薇逐漸隆起的肚腹，可能就是起於那夜，她於是將出生的娃娃取名士多啤梨。美嘉聽說她乾女兒生了，問她滿月送什麼，燕君說：「怕買的衣物用品重複，還是包紅包吧。」美嘉讚許道：「這最實惠。」燕君卻想一個人生活最實惠。她看著薇薇懷抱餵養士多啤梨，終於士多啤梨會走了，卻更難照顧，一日他從桌上拉下筆電，還好沒砸到自己，薇薇和阿勝又吵了起來，彼此埋怨責怪誰為孩子付出的多些，誰又少些。其實，從孩子出生後，他們之間的關係非但沒有更親密，反而更看不慣對方，孩子夜裡醒了，誰來哄，尿布濕了，誰去換，薇薇覺得哺乳只能靠她，那麼阿勝理當擔負起換尿布洗澡等工作，阿勝卻缺乏耐心責任感，似乎孩子出生前他沒想過這些，又或者根本以為孩子落地風吹日曬自己就會長大。當然這些都是燕君在另一棟樓的窗裡推測的。

燕君想起前些時看過一本科幻小說，小說裡地球上的人類面臨生存困境，所以三對新婚夫妻中只有一對可以生育子女，由抽籤來決定，當妻子抽中可以生養時興奮莫名，丈夫卻不知在如此艱困的環境裡生下孩子有什麼值得高興？燕君幾乎不去書店，也不買書，但是偶爾會去圖書館，她發現圖書館四樓的角窗不但可以看海，開朗寬闊的視野還非常適合看海面雲朵的變化，她買不起海景房，卻可以無償在圖書館享受無敵海景，閱讀別人想像出來的故事。看到薇薇和阿勝的爭吵，她想起小說裡描寫的人類命運，被迫在外太空流浪，不知所終。

照顧士多啤梨的分工還弄不清，薇薇竟然又有了，燕君隔著樓都可以感受到他們生活的壓力，沒錢也沒時間外出，買什麼都要計算，那個喜歡賣弄的女人倒是很少出現了。士多啤梨兩歲，一個嶄新的嬰兒出現在對窗，同樣的爭吵繼續上演，伴隨著士多啤梨恐慌不解的嚎啼，直到有一日，燕君在網上發現對窗的房子要賣，他們要搬走？燕君說不清自己的感覺，震驚、受到打擊、失落，統統有。

她佯裝有意購屋去看房，這回她真正走進了薇薇的房子，當然薇薇不叫薇薇，現在她知道她叫祖兒，阿勝叫運之，他們說孩子逐漸長大，這房子住不下了，只好換到更遠的地方，才能有個不那麼逼仄的住所。屋子裡的一切對燕君是多麼熟悉，五年了，原本的沙發舊了，孩子打翻的果汁留下汙漬，但是房子裡的一切同時也異常陌生，他們的聲音語氣全不是她想像的，祖兒不溫柔甜美，運之聲音沙啞還有些口吃，正在看房子，那個喜歡賣弄的女人也來了，竟然是祖兒的弟弟，燕君看見他順手擺在桌上的身分證，他是男的，只是異裝。

辦公室裡，美嘉發現燕君穿了新裙子，問：「又是乾女兒陪你逛街買的？」燕君點頭，沒什麼情緒的說：「應該是最後一次，他們要搬回加拿大，公司調動，正好遂了她媽的心。」「那以後你也寂寞了。」「本來就是別人的孩子，而且她那兩個寶貝也真是太鬧人了。」燕君說，彷彿她真幫忙帶過孩子似的。

兩個月後，對窗搬進新的住戶，是一對父女，女兒看來還在讀大學，父親的工作大約是輪班，所以出入時間不定，回家第一件事是打開冰箱拿啤酒，女兒有時會帶回年輕男孩，總是挑選父親不在家時，兩個不同的男孩，一個高些，來了就環抱女孩親吻，一個胖些，熱衷玩游戲，迷得不行。坐在沙發上的燕君有一搭沒一搭地看著電視，連續劇裡賣房的仲介遇到各色人等，善良的，自私的，每一個窗格裡都是故事，每一次搬家如舞台幕落又升。過了兩個月，燕君在超市排隊等結帳，排在她前面的男人，忽然說：「你看著面熟，我們是不是在哪見過？」男人這麼一說，燕君也覺得似乎是見過，但是在哪呢？男人又問：「請問你在哪上班？」燕君回答了，男人是巴士司機，他推測：「也許是搭過我開的車。」

結完帳，兩人步出超市，竟往同一方向行去，蕪君疑惑，男人不是有意尾隨吧，心思正反覆，男人已經按下密碼鎖，他們住在同一座屋苑？兩人對望的剎那，他們同時恍然大悟，對方就是自己望見對窗裡的人，想明白的那刻，伴隨著尷尬，男人先試著緩解僵局，他說：「我姓鄭。」蕪君說：「鄭先生，我姓沈。」

懂了就好，又何必拆穿。

兩幢平行矗立的樓宇，於是有了交匯點，在同樣高度的窗與窗之間，比手機屏幕看到的別人日子真實，穿過窗花與玻璃，是這座城裡不息川流的一點點孤寂。

甜白

她的生日願望是什麼呢？
竟連自己也不能確定，
有人說許願的下一步
是為了可以放棄，
因為要先許願，
才知道原來願望無法實現。

她叫甜白，姓沙，全名沙甜白。

爸媽為她取這名字，緣由是永樂甜白釉，那是明朝永樂窯創燒的一種白釉。母親深深為這一款瓷器著迷，她是位藝術家，燒製的瓷器幾乎全是從甜白釉為基礎，永樂白瓷製品中許多都薄到半脫胎的程度，迎光看呈現一種半透明的視覺感，母親又創作出極淺的天空藍、櫻花粉、荷葉綠，施以暗花刻紋在薄胎器上，成品溫潤如玉。母親告訴她因為這潤澤的純白洋溢一種「甜」的感覺，視覺的味覺的嗅覺的甚至聽覺的，所以稱為「甜白」。她出生時，膚白如月，散發溫暖淡泊的光澤，母親珍愛，為她取名甜白。

原本亦無妨，偏偏當她八九歲時，不知怎麼出現了傻白甜這一名詞，意指沒啥大腦，單純無心機卻甜美可愛的女孩，而她又姓沙，同學們便喊她傻白甜，喊時滿臉調侃譏諷，綽號轉眼取代了名字，令她十分苦惱。回家央求爸媽改名，媽媽一口回絕，完全感受不到她的委屈。雖然從商卻喜歡書畫的爸爸則慢條斯理解釋：「十六世紀之前中國還沒有白糖，吃的是黑糖或者紅糖，當白糖出現時，人們將永樂白瓷與白糖聯想到一起，那是一種發自內心的幸福，衣食無虞之後的精緻追求，如餐後甜點，如基本生活用品之外的藝術器皿，甜白釉溫柔甜淨，又白如凝脂，素猶積雪。」

甜白央求未果，無奈之下只能期待自己快點上中學，爸媽早就計畫好了送她去讀外語實驗中學，她甚至已經為自己取好英文名字 Tabitha，那時她還不知道這名字出自亞拉姆語，意思是瞪羚，取這名字只是因為讀音約略接近中文的甜白。好不容易熬到了中學，她如願的以 Tabitha 之名重新建立自己在同學心中的形象，中學生活比甜白想像得更加緊張，為了不浪費學習時間，學校採寄宿制，所有學生週六中午回家，週日傍晚返校。

學校宿舍四人一間，男女分層，上課則是男女合班，一個年級四班，每天早上六點起床，晚上十點半就寢，早餐之後便是早自習，生活被學習填滿。除了應試科目，每人還有二至三門興趣科目，說是興趣科目其實也是為了將來升學可以加分，甜白選的是大提琴和韻律操。興趣科目要獲得升學加分最好的方式是通過比賽，二年級時老師決定讓甜白組隊參加比賽，於是她認識了拉小提琴的梓安。梓安長的又瘦又高，手長腳長感覺有些不合比例，其實是因為骨架還沒長開，等他二十歲發育完成就好了。但是眼前看著確實有些彆扭，當他將小提琴夾在頷下，手拉弓弦，遠遠看著竟像懸絲玩偶。還好甜白骨肉勻稱，纖織少女的姿態，端坐在曲線優雅的大提琴後，才使得舞台上琴音悠揚之外，視覺也得到平衡。

甜白和梓安每週一起練習兩次，週一和週四的下午五點到六點，日課上完，晚餐和接下來晚自習的空檔，有時練習時間拖延，到餐廳用餐菜已經涼了，甜白又擔心誤了晚自習，便用熱湯泡飯，梓安見了，慢條斯理地說：「這樣傷胃。」十四歲的男孩活得這樣謹慎，甜白有些看不慣，遂不理會，幾次之後，梓安也不說了，甜白卻隱隱感到胃痛，只不願承認，還好天氣逐漸溫暖，菜也涼得沒那麼快了。

同寢室的小虔問甜白：「那個三壘安打琴拉得好嗎？」

「三壘安打？」甜白不解。

「是他的綽號啊，你和他練習了這麼久竟然不知道。」

甜白細想，她和梓安完全沒有共同的朋友，指導老師是他們之間唯一的聯繫。

小虔說：「為什麼叫三壘安打，因為他很努力，表現也好，卻總是差一點得分，就好像棒球打出了三壘安打，但是壘上無人，後面的隊友又被三振，球局結束，分數掛零。」

甜白聽了，心下想他們的參賽可別如此。後來他們果然沒獲得前三名，得了個優選，也算差強人意，只要不知道參賽一共二十九組，前三名之外，有八組優選。比賽結束，甜白和梓安自然無需繼續一起練習，走廊上遇到便微笑點頭致意。直到一個週日，甜白竟然在社區庭園遇到梓安，他們同住一個社區，一起練習了半年都不知道，那天傍晚他們一起返校，他們剛升上三年級，接下來的一年他們週六一起回家，週日一起返校，似乎成為一種默契，就像是合奏，一個眼神交會，音符揚起。如果換做別人，可能會是戀愛的開端，至少有種青春躁動的隱隱情愫，不知是不是梓安活得太謹慎，而甜白又靜默被動，他們就這樣走完初三，畢業了。甜白去外地讀高中，兩人同住一個小區的事彷如翻篇，怪的是整個高中未再巧遇。

甜白考大學時，為了填志願頗傷一番腦筋，她希望學校離家不要太遠，也不要太近，最好高鐵五小時內可達，飛機航班每日至少兩班。終於擇定學校，到校報到的第七天，她在校園裡遇到梓安，甜白不假思索脫口而出：「三壘安打？」梓安回頭見是甜白，臉上完全沒有一絲訝異，只是淡淡地說：「原來你知道這個綽號。」

兩人一下邁過中間完全失去聯繫的三年，回到了合奏時的默契，但後來甜白才發現，梓安早已不拉小提琴，而她並未放下大提琴。梓安和甜白每隔兩三日便一起吃次飯或逛下街，很尋常的節奏，便只如生活的一部分，甜白滑鼠壞了，買個滑鼠，梓安襪子不及換洗，添幾雙襪子，但旁人不知他們來往細節，怎麼看也該是情侶，若知過往，那就該是青梅竹馬了。

小虔便是知過往的人，她上了同一座城市的另一所大學，週末來找甜白，問：「你對他有感覺嗎？如果沒有，別平白耽誤了自己其他可能啊。」

甜白思索起來，關於小虔說的有沒有感覺？以及會有什麼樣的可能出現？是怎樣的感覺呢？

小虔說：「心動的感覺啊，時常都會想到他，見不到他會很想他，和他有關的字有關的事物，你都會特別敏感，好比他的名字拆開來出現在書裡，你也會一眼看到。」

甜白不會這樣，沒有小虔說的這些情形，她只是覺得和梓安在一起心安，一起吃飯的日常，一起購物的瑣碎，都讓人心安。

小虔很快戀愛了，是同校的學長，男朋友汪汪家裡有錢，出入開車，小虔有了人接送，有時也拉甜白和梓安一起出遊，第一次見面時，小虔介紹說：「我初中同學沙甜白和尹梓安。」

汪汪就略嫌誇張地問：「什麼？傻甜白？」

甜白用 Tabitha 曾經建立起的形象又再度崩塌了，因此甜白對汪汪印象並不好。汪汪不算高，五官倒是有幾分俊俏，輪廓深加上衣著講究，拍照放社群網很有架式。梓安此時已經發育的骨骼結實，不像初中時那般細瘦，不拉小提琴了，打起球也少了顧慮，肌肉線條自然流利。甜白不喜汪汪，小虔也不喜明顯比汪汪高的梓安在身邊晃蕩，所以四人出遊很快進入歷史階段，而小虔也只在汪汪沒空時才約甜白，兩人的話題交疊愈來愈少。小虔花錢明顯比過去闊綽，甜白不贊同她用汪汪的錢，小虔卻不以為意。直到小虔懷孕了，找甜白陪著去墮胎，甜白義不容辭，但還是不滿地問了一句：「汪汪呢？」小虔讓甜白在手術做完後打電話給汪汪，他來接小虔，甜白見小虔憔悴，汪汪大四，小虔才大二，也真不適合談婚論嫁，便也不想再追究汪汪的責任。

手術結束，等麻藥退了，甜白攙扶小虔走出診所，汪汪沒下車，隔著車窗對甜白說：「我先送你回學校。」甜白搖頭，等小虔坐進車裡，她揮揮手，示意他們走，車子朝前滑動，小虔看了她一眼，那一眼並沒有後悔。後來她再看到小虔，名牌包名牌手錶，頸項還多了一條白金鑽墜鍊，甜白自知人各有志，只是他們最終還是分手了。汪汪畢業後出國，很快有了新歡，小虔似乎也沒太難過，或者早有心理準備，轉眼就見她挽著另一個學長。而甜白和梓安依然尋常的見面，尋常的過日子，沒有擁吻，更別說進一步的親暱，只有天冷時梓安會攬著甜白走，不那麼冷時，會牽著她的手。

甜白的母親意識到梓安的存在和往昔有些不同，提議邀梓安來家玩，本就同住一個小區，暑假兩人便不再只相約出遊，有時也去對方家裡，一起看電視玩手遊，有時也一起下廚。甜白的爸媽以為或者兩人就會這樣生活下去，若如此，親家相鄰，未來也方便。沒想到小虔說的另一種可能卻在此時出現，甜白去商場實習時認識了煒其，或者說是 Tabitha 認識了 Abel，她於是懂了小虔說的，常常會想到他是什麼意思。實習期甜白每週至少五天會見到 Abel，有時甚至是六天，但是才在茶水間說過話，回到座位她便不由自主地想他，原來他喜歡哥倫比亞咖啡，他剛才說的話是否有其他暗示？他提議找一天教她拍照，是真心的還是只是禮貌？實習期的忙碌使得甜白減少了和梓安聯繫，梓安不覺有異，因為他也同樣在忙碌的實習，不，其實是更忙，他在電子業實習，每天超時工作，甜白忙是因為一部分時間用來想 Abel，梓安卻是一門心思融入工作，並且希望畢業後能正式入職。

甜白終於鼓起勇氣問 Abel：「你說可以教我拍照，什麼時候？」Abel 想都沒想就說週日吧，於是甜白滿心期待週日的到來，他們去了海邊，Abel 說因為海邊光線強，海面又會反光，環境顏色單純，適合比較出拍照的差異。拍照教學很快成了嬉戲，海邊風大，Abel 為甜白撩起吹落面頰的髮絲；海邊風大，Abel 脫下自己的外套披在甜白肩上；海邊風大，Abel 提議拍完照去吃火鍋吧，而吃火鍋最好在家吃，兩人一起去市場買菜，然後回 Abel 家吃飯看照片。

當女孩看到將自己拍得美而優雅的照片，難免會對拍照的男人另眼相待，她會出現一種錯覺，他的存在使自己在別人眼中更有吸引力，更何況甜白本來就已經被吸引。

Abel 暱稱甜白為 Candy，他說她的英文名字就應該用 Candy，甜白不語，寧可只有 Abel 這麼喊她，才顯出特別。

甜與白，她自己究竟更喜歡哪一個部分呢？Abel說宋代，中國已經能把砂糖加工成冰糖，叫做糖霜，是貢品，可見珍貴，一般人吃不起的。說著他頓了頓，凝視著甜白說：「我發現你的名叫甜，但你並不喜歡甜食。」

甜白帶點撒嬌的口吻回：「你又知道了。」

Abel說：「當然知道啊，公司去吃韓國烤肉那天，女同事們都喜歡莫凡彼冰淇淋，你卻一口沒吃。」

其實那天甜白生理期所以不吃冰，但是她聽了只想著原來他一開始就注意到她了，大家一起去吃韓國烤肉是剛來公司時的事。Abel又說等到元朝，馬可波羅書中提到福建龍溪出產極多的糖，他恍然大悟可汗朝廷裡吃的糖原來是從這來的。甜白想起父親說白糖是明朝時才出現，或者父親指的是出現在庶民生活而非王室，又或者那時產的糖霜並非潔白，但其實甜白不真的在意這些，她只是一廂情願覺著自己心儀的對象不只有好看的外表，還有內涵。

後來Abel帶她出差香港，特別去Fortnum & Mason吃下午茶，三層細瓷點心盤擺著甜鹹點心，壺裡倒出色澤漂亮香氣撲鼻的熱紅茶，Abel告訴甜白Fortnum & Mason倫敦店創立於一七〇七年，是英國皇室的御用品牌，Abel拿起裝牛奶的淺藍色小盅以眼神詢問甜白茶裡是否加奶，甜白輕輕搖頭，他便在自己杯裡傾倒少許，茶湯失去了原本的紅豔透明。甜白拿起夾了鮭魚雞蛋和小黃瓜的三明治慢慢咬著，Abel將司康掰開，塗抹了果醬的給她，她接的時候，突然想起和梓安一起吃飯時，梓安總是先遞紙巾給她，有一回梓安說，紙巾的存在常讓人忽略，但是身邊沒有還真不方便，梓安就是那種記得帶紙巾的男生，也因此甜白總是忘記。在Fortnum & Mason喝過茶，他們在商場邊的海濱散步，甜白想起他教她拍照也是在海邊，兩處海濱截然不同，這裡的五光十色和他當時希望的顏色單純截然不同，Abel好心情的幫甜白拍了幾張照，但是當甜白提議合照時，他卻說：「我只喜歡拍照，不喜歡被拍。」

剛從香港出差回來，小虔突然又出現了，開口就要甜白陪她去墮胎，甜白生氣地說：「你不能避孕嗎？你不知道這會傷身體嗎？」說時不知道為什麼想起初中時梓安和她說：「這樣傷胃。」甜白的胃隱隱作疼，又或者疼的不是胃，是其他部位。

小虔撒賴道：「是意外。」

甜白沒好氣地問：「為什麼又找我陪？那個男人呢？」

小虔鬼鬼的笑了，甜白意外她竟這樣不在乎。小虔說起中學時老師上課曾提到蘇軾的〈蝶戀花〉，一闋寫春景的詞，寫著寫著寫到了牆裡玩鞦韆女子的嬌笑，小虔背出：「牆裡鞦韆牆外道。牆外行人，牆裡佳人笑。笑漸不聞聲漸悄，多情卻被無情惱。」

甜白不解：「這和我問你的，有什麼關係？」

小虔說：「當時老師說牆裡佳人就因為看不到，所以想像起來特別美。不管是當年的汪汪還是現在的姜恪，我都和他們說我不想他們難過，所以不要他們陪。」

「他們難過？」

「他們和我一樣也失去了這個孩子啊，我獨自承擔，他們會更覺得對不起我，而且因為沒到現場，我受的傷害在他們的想像中將會更巨大。」

甜白只覺得小虔說的是自以為是的歪理，同樣的手術後姜恪開車來接小虔，同樣的說要送甜白，甜白同樣的揮手示意他們離去，站在街邊的甜白越發趕到乏力。此時她已經領略過男女之情，不過不是和梓安，而是和Abel，當他發現甜白是處女時顯得有些錯愕，這會兒甜白有些懂得了，他是擔心自己是否會因此需要多負些責任？

實習期滿，甜白回到學校，Abel 依然發訊息給她，但是實習期結束前她已經在茶水間聽到其他同事八卦，說凡有姿色的實習生 Abel 都不放過，要甜白小心。甜白勉強笑了笑，心裡暗忖是別人說得太晚，還是自己趕得太早？如果她早些知道，還會以為 Abel 對自己與別人不同嗎？

感情的雙方有一方已經見異，是否思遷？新出現的第三方恐怕具有超乎估計的影響力，而原本的雙方中另一方還渾然未覺，說不定反而是一種幸運，此時的捍衛很可能造成難以彌補的裂痕。

甜白突然想起三壘安打這個綽號，很接近全壘打，卻未必能得分，而得分的關鍵竟然落在了下一位打者。

開始實習後甜白鮮少回家，結束實習後返家，爸爸特別下廚做了甜白喜歡的酸菜黃魚，爸爸問甜白畢業後想繼續找商場櫥窗布置的工作嗎？甜白不置可否聳聳肩，爸爸說：「你的英文名是瞪羚的意思，那是一種行動敏捷的動物，奔跑時時速可達八十公里，而且可以連續跑一小時。運動員的爆發力都沒那麼強，畢業後選擇就業方向很重要，選擇適合自己興趣的才不會老想要換跑道，瞎折騰，在錯的路上跑得愈快錯得愈多，你一定聽過這句話。」

甜白卻想起 Abel 原是呼吸之意，那是活著不可或缺的需要，如今卻叫她喘不過氣，瞪羚想快速奔跑得先學會調勻呼吸吧，愛情和就業，她都還要學習啊。

小虔訂婚了，對象不是姜恪，是和一個認識才三個月定居美國的華裔男人，而這三個月中他們只真正相處過半個月，接下來便是視訊，小虔會先赴美讀語言學校，預計六個月後結婚。甜白問她：「這回你動心嗎？」

小虔回答：「談戀愛需要動心，結婚需要的是安定。」小虔口中的安定大約指的是物質，她的未婚夫在加州有一幢帶庭院兩層樓四居室房宅，年薪八萬美金，應該可以提供小虔安穩優渥的生活。

一起學音樂的可可突然央求甜白幫忙代班，在一家星級酒店的大堂演奏，可可說：「你完全不用理會其他人，就當是自己獨自在練習，差別是這練習有人付你錢。」甜白不是為了賺錢，是想成全可可赴青海的心願，才答應幫她代班一個月，可可借給甜白兩襲演奏時穿的長裙，一件銀灰色，一件墨綠色，甜白自己本就有件黑色長裙，就這麼輪換著天天坐在大堂拉提琴。這一天她選了巴赫G大調第一大提琴組曲，完成她的演奏時段後，她看見大堂經理在等她，以為剛才的演奏有什麼問題，原來經理 Ishaan 是想當面謝謝她當忙代班，並表示想請她吃飯。Ishaan 說：「就在我們酒店吃，不用買單的，只是想表示下心意。」那時正好是晚間七點，甜白也就沒再推辭，兩人吃的是酒店二樓的自助餐，她這才留意到原來二樓的座位可以看見大堂的演奏者，現在演奏的是長笛，樂聲清揚，燈光下長笛熠熠生輝，竟有俯瞰星光的錯覺。

後來 Ishaan 常藉故等甜白，一起吃飯，或送她回學校，也有時只是帶盒點心給她，代班結束後，Ishaan 持續發訊息給她，約她吃飯聽音樂會逛畫廊。有一回 Ishaan 意味深長地說：「我真羨慕你的琴。」甜白以為他是暗示她雙手環繞著琴，後來才知道他指的是琴身在她兩腿之間。甜白漸漸覺出性愛的吸引，撫觸親吻時帶來的快感，讓她暫時忘了原本的自己，變成另一個奔放的女人，但她並不是不喜歡原來的自己，也不是像小虔將情感當交換，或許她只是不想像梓安活得那般謹慎。

Ishaan 這名字起自印度，原意是太陽，他成熟體貼，甜白問自己，喜歡 Abel，應該是因為他的外表俊朗，Ishaan 的吸引力，則和他的工作經歷有關。

他散發出一種從容，知道何時該說什麼，何時該做什麼，他的挑逗直接，但因為懂得甜白的心理，便不覺得下流。

情人節，Ishaan 送甜白一只音樂盒，造型是旋轉木馬，Ishaan 前幾天才帶她去玩過，見她興高采烈的模樣，當時還笑她原來是個小女孩。禮物是快遞送來的，伴隨著一大束白玫瑰，甜白扭轉音樂盒下的發條，令人意外的是音樂是她演奏的提琴曲，Ishaan 不知何時錄的。甜白驚喜之餘，也感動 Ishaan 的用心，自然也不計較他因為情人節酒店特別忙而無暇陪她了。甜白發訊息：「謝謝。」Ishaan 的回覆是一個親吻圖案。

可可不知道她不在的時候，Ishaan 和甜白發生了什麼，只是等到可可終於有空，請甜白吃小龍蝦謝謝她仗義代班，冰涼的啤酒幾杯下肚，她說起酒店同事的八卦，吹長笛的女孩勾搭了一個有婦之夫，甘願當小三；演奏鋼琴的男孩長得帥可惜是同性戀，看得到吃不到；大堂經理訂婚對象是某某人的女兒，應該很快會升職。訂婚？他已經訂婚？甜白嘗到口腔中的龍蝦辛辣無比，大口灌下啤酒，不小心嗆到，咳出了淚。

陽光和空氣原是生命的活力來源，沒想到甜白遇到的卻是傷害，是她太傻嗎？真的如她的名字一般，屢遭欺騙。結束代班的甜白，不再回覆 Ishaan 的訊息，連酒店附近都避免經過。讓風帶來新的季節，花開花又落。

甜白二十四歲生日，梓安拿出一只珠寶盒，甜白心裡一緊，擔心打開若是一枚戒指，該如何反應，結果是自己多想了，盒子裡是一枚提琴別針，她拿出來別在衣襟，白金提琴上鑲著她的生日石珍珠。甜白生日在六月，微風習習的夜晚，空氣中散發著梔子花的香氣，白日暑氣已消，完全一片歲月靜好的氛圍。兩個人一起吃過晚飯，梓安送甜白回住處，手上還拎了一個焦糖蘋果蛋糕是請甜白室友吃的生日蛋糕，到了門口，梓安將蛋糕遞給甜白時說：「記得許願。」甜白側著頭想，她的生日願望會是什麼呢？自己竟不能確定，有人說許願的下一步是為了可以放棄，因為要先許願，才知道原來願望無法實現，只能放棄。

在室友的生日快樂歌聲中，甜白吹熄蠟燭，室友追問願望，甜白說希望我們年年都能相聚，室友打趣不是梓安快快求婚嗎？焦糖太甜，甜白只吃了半塊蛋糕，把玩著珠寶盒，室友在房裡播放柔美且讓人微微傷懷的卡農，這輕微的憂傷或者就是源於柔美，她突然發現珠寶盒的底座可以打開，匣子裡有張字條，歪歪斜斜用注音符號寫著：「安安：等我長大就嫁給你，要等我喔。」

甜白不解，拿起手機發訊息問：「這是什麼？」

梓安很快回覆，彷彿就正等著甜白提問，他好給出答案：「你果然不記得了，幼稚園畢業時你給我的字條，我們一起練習提琴演奏時，我就在猜你記不記得？後來你發現我們住在同一個社區時顯得很驚訝，我想你應該是不記得了，但又想也許你後來會想起來，尤其是你來過我家之後。」

他們住在同一個社區，讀同一所幼稚園原本也不奇怪，只是甜白竟然不記得，大約是因為整個小學六年未再聚，記憶逐漸淡忘消失了。甜白又問：「你既然記得，為什麼一直沒說？」

「一開始想說，但猶豫後沒說，就又覺得不用急著說，看看你會不會想起來啊。」梓安的訊息後是一枚俏皮鬼臉的表情符號，是啊，有些事一開始沒說，後來就會覺得不說也好。就像是甜白有些事沒告訴梓安，她想以後也不會說。

「這字條我從六歲一直保留到現在，如今十八年過去了，應該可以兌現承諾了吧。」這一次文字後是一枝玫瑰。

甜白隱隱約約想起幼稚園裡有一棵鳳凰木，她用花瓣作蝴蝶，有個小男孩熱心地為她撿拾花瓣，她嫌他不懂挑選，叮囑他要選擇花瓣新鮮沒有缺損的，原來那個小男孩就是梓安，分點心時總讓著她，團體活動時喜歡在她身邊，還幫她背小書包，這一回梓安擊出三壘安打後下一位打者也擊出了安打，梓安能跑回本壘嗎？

下了班，甜白想挑一份禮物給爸媽，他們結婚週年就快到了，在商場櫥窗裡看見一套甜白瓷茶具，燈光刻意襯托出瓷杯的薄與細潤，她第一次真心覺得白瓷美。她已經理解白有許多種，實習時在工作的商場，挑選櫥窗背景顏色時，曾看到諸多形容：玫瑰白、蘭花白、煙白、雪白、奶油白、杏仁白，她想起自己曾經在意同學們的玩笑，而忽略了爸媽的期待，如糖般幸福潤潔，原來真正將她當作傻甜白的不是Abel，不是Ishaan，從來不是別人，而是她自己啊。

國家圖書館出版品預行編目資料

一個人在島上 / 楊明著 .
一初版 . - 臺北市 : 聯合文學 , 2022.6
248 面 ; 14.8×21 公分 . --（聯合文叢 ; 704）

ISBN 978-986-323-465-4（平裝）

863.57　　111007749

聯合文叢 704

一個人在島上

作　　者／楊　明
發 行 人／張寶琴
總 編 輯／周昭翡
主　　編／蕭仁豪
資深編輯／尹蓓芳
編　　輯／林劭璜
資深美編／戴榮芝
業務部總經理／李文吉
發行助理／林昇儒
財 務 部／趙玉瑩　韋秀英
人事行政組／李懷瑩
版權管理／蕭仁豪
法律顧問／理律法律事務所
陳長文律師、蔣大中律師
出 版 者／聯合文學出版社股份有限公司
地　　址／(110)臺北市基隆路一段 178 號 10 樓
電　　話／(02)27666759 轉 5107
傳　　真／(02)27567914
郵撥帳號／17623526 聯合文學出版社股份有限公司
登 記 證／行政院新聞局局版臺業字第 6109 號
網　　址／http://unitas.udngroup.com.tw
E-mail:unitas@udngroup.com.tw
印 刷 廠／鴻霖印刷傳媒事業有限公司
總 經 銷／聯合發行股份有限公司
地　　址／(231)新北市新店區寶橋路235巷6弄6號2樓
電　　話／(02)29178022

出版日期／ 2022 年 6 月　初版
定　　價／ 330 元

ISBN 978-986-323-465-4（平裝）